水生大海

ランチ探偵
彼女は謎に恋をする

実業之日本社

実業之日本社文庫

contents

MENU 1

お稲荷さん、いまは消え

——本当の本当に、今日はだいじょうぶ？

阿久津麗子（あくつれいこ）は、天野（あまの）ゆいかからのメッセージを受け取った。

そのはずだけど、とスマートフォンの液晶画面を切り替えて、合コン相手からの連絡を確認する。明日はよろしくお願いします、と送られて以降、新たなメッセージはない。

大仏（だいぶつ）ホーム本社に戻ったゆいかは、人事部預かりのままだ。経理部はギリギリの人員ながら仕事は回っているので、無駄の嫌いな鶴谷（つるや）部長が増員に動くことはなかった。一方の人事部では採用プロジェクトがあり、これ幸いとゆいかに仕事が降ってきているらしい。コミュニティ能力が人と違う方向に発揮されるゆいかがどうふるまっているのかわからないが、ときおり思いだし笑いを浮かべているところをみると、それなりに楽しくやっているのだろう。

デスクを並べられないのは残念だが、本来、会社は仕事をする場所だ。昼休みの公園や空き会議室で、コンビニランチと手作り弁当をつつきながらおしゃべりすればいい。もちろん麗子がコンビニランチで、ゆいかが手作り弁当だ。

そしてたまに時間有休を取り、ランチ合コンをしながら美味しいものを食べる。カレシいない歴は延びているけど充実した毎日だ、と本来の目的を忘れそうになって、違う違う、と自分につっこみを入れる麗子だった。

新たな出会いを求める。イマイチな相手でも昼休みの終了というタイムリミットが使えるので、ランチにて合コン。それが本来の目的だ。

今回の相手は、以前の合コンで広がった人脈からもたらされた。だが忙しいのか、二度も直前になってリスケジュール——日程が繰り延べされた。そのせいで麗子も時間有休の変更を二度申し出るはめになり、鶴谷部長は不快そうな表情を隠さない。カメちゃんこと亀田部長なら「阿久津さん、災難だね。一緒に悪態ついてあげようか。あくたいつく、あくつ」などと笑えない冗談を言いながら、快く認めてくれるだろうに。

もし今回もリスケになったらこっちから断ってやる。そう決め、同じ言葉をゆいかに返信した。すぐに返事が戻ってくる。

——麗子さん好みの相手だけど、いいの？

いつもながら見透かされている、と麗子はスマホの液晶画面を睨む。

仲介してくれたのは、国光彗多という広告代理店勤務の男性だ。彼にはすでに恋人がいる。ゆいかに遠隔操作された麗子が、とある謎を解き、一度は別れた恋人への誤解を払拭した。お礼がしたいというので、合コン相手の紹介を頼んだ。謎解きをしたのはゆいかだが、自分もじゅうぶん活躍したと麗子は思う。自分に利のあるお礼でかまわないだろう。ゆいかは合コンより謎解きを楽しみたいのだから、既にお礼は受け取っている。

国光は同僚ふたりを紹介してくれた。送ってもらった写真によると、一方はシャープで、一方は優しそうな印象だ。ともに麗子より三歳上で、三十歳と誕生日前の二十九歳。人柄は会わないとわからないけれど、どちらも好みのタイプなので話を進めてもらった。ところが二度ものリスケだ。

「いくらクライアントに合わせる必要のある仕事とはいえ、リスケ多くない？　今後も振り回されかねない」

と二度目のときにゆいかに愚痴ったら、まだつきあってもいないのにと呆れられた。

たしかにそうだが、重要なポイントだ。ダメならダメで、さっさと次に向かわなくては。

「よし。さっさと、さくさくと。それが大切」

麗子がつぶやくと、そのとおりね、と誰かがあいづちを打った。

「さっさと仕事を済ませたほうが、楽しいお昼休みを迎えられると思うわよ」

鶴谷部長が、ねっとりとした口調で責めてくる。

すみません、と答えて麗子は仕事に戻った。ダメならダメで、……そう、美味しいものを食べてリフレッシュすればいい。今回の店は、ゆいかも満足しそうなヘルシー食材だし。

☆

「また肉？」

店の扉の前で立ちどまるゆいかに、麗子は胸を張る。

「だけど今回は羊だよ。羊肉の効用は当然知ってるよね。L－カルニチンが含まれていてダイエットに有効！」

「Lーカルニチンが脂肪細胞と結合し、ミトコンドリア内に運ばれ、その結果として脂肪燃焼が促進されることが期待される、ってことだよね。Lーカルニチンは肉の赤身から摂取できる。それに羊はカロリーが低く、魚や植物性食品にも含まれている不飽和脂肪酸の脂が多い。不飽和脂肪酸は動脈硬化や血栓の予防に有効で、血圧を下げ、悪玉コレステロールを減らす作用もある。だけど食べすぎはよくないし――」

「はいはいはい。一週間に均(なら)すと思えばいいの。たまのごちそう。たまの贅沢(ぜいたく)」

扉を開けて入店する。店を広く見せるためだろうか、壁には何枚もの大きな鏡が飾られていた。仰々しいシャンデリアが吊り下がり、椅子やテーブルなどの調度品もクラシックで、お洒落(しゃれ)カフェのような雰囲気だ。羊肉料理よりも、パフェやケーキを出しそうな。

「阿久津麗子さんと、天野ゆいかさんですよね？」

背後から声がした。振り向くと、合コン相手のようだ。

「はい。あの……こちらのお店で間違ってないですよね」

「あってますよ。以前はここ、イタリアンレストランだったんです。カルボナーラ、ナポリタン、和風パスタ、果てはスイーツ類、流行に合わせてメニューを増やしていったもののなかなか人気店にならなくて。羊肉もそういう方向で取り入れたと思うんですが、健康志向ブームと相まってうまく当たったようです。改装で休むのはもったいないと店内装飾はそのまま。羊肉は若い女性にも注目されているから、その層も呼びこめるかと。おっと、自己紹介がまだでした。武智慎也です」

写真を見て、シャープな印象、と感じたほうだ。くっきりした二重瞼が、日焼けした顔に映えている。話し方もきびきびしていた。

武智のうしろから、もうひとりの男性が礼をする。

「はじめまして。私は富津翔士と申します」

柔らかな声が響く。優しそう、と印象を持ったほうだ。その富津が店内を見回した。

「あいかわらず武智は変わった店を知ってるな」

「味は保証するって。イタリアンのころから味はよかったんだよ。僕にプロデュースさせてくれれば儲かる店にするのに、って思っていたぐらいだ。それにここのビル、面白いんだ。屋上にお稲荷さんがあるんだぜ」

え？　と富津の顔が喜色に輝く。

「いい情報。どんなタイプかちょっと見にいっていい？」

「今から？　食事が終わってからにしてくれよ」

武智が奥に視線を向けると同時に、店からも案内の男性が出てきた。

あたりには甘い脂のにおいが漂い、料理の運ばれたテーブルからは満足そうなため息が聞こえている。期待値も自然と上がるというものだ。注文は、武智がお勧めの品を取りまとめてくれていた。

「さっき、プロデュースというお話がありましたが、広告代理店の方は、こういった一軒一軒のお店の宣伝もなさるんですか？」

麗子が訊ねると、富津がうなずいた。

「広告というとテレビのＣＭをイメージされる方が多いんですが、広告したいクライアントと広告枠を持つ媒体の間を取り持つのが私たちの仕事です。だからありとあらゆるものを扱いますよ。媒体もさまざま、ネットはもちろん、電車のドアそばからチラシまで」

「どんな消費者に、どんな媒体を用い、どういったスタイルで届けるのか。そこがなにより大切なんですよ。ものを買っていただくのはもちろんだけど、その企業のファンになってもらえるよう、情報収集を行い、マーケティングやデータを精査し、提案段階からコンサルティングを行っていきます。ですので大仏ホームさんも、安心して当社にお任せください。ぜひご贔屓(ひいき)に与(あずか)りたいと存じます」

武智が目力強く説明を補足して、ぐいぐいと押してくる。

「お伝えしていませんでしたっけ。あたし、経理部なんです。そんな権限ないですよ」

麗子が苦笑する。わたしも人事関係なので、とゆいかがつけ加えた。

「どういう形でどなたとつながるかわからない世界です。僕らにとってはすべての人がクライアント候補です」

武智は両手を広げる。やたら動きがアグレッシブで、その調子で会議やプレゼンを引っ張っているのではと想像できるほどだった。

「なるほど。ではそのクライアント候補としては、二度もリスケになった理由を教えてほしいです」

ゆいかがにこやかに問う。麗子は慌てて口を出した。

「もういいじゃない、その話は。こうやって無事に会えたんだし」

「そう？　麗子さんも気になるでしょ」

気にならないこともないけれど、今そこを掘ってどうする。探りも入れずにストレートに掘ると、水道管をぶちやぶって大事故につながるじゃない。

申し訳ありません、と富津が深々と頭を下げる。

「私のせいなんです。初めての業界を受け持つことになり、思わず調査と研究に没頭し、時間調整に手間取っておりました。それでつい予定変更を。失礼しました」

「そうでしたか……」

謝られてしまうと、返事のしようもない。けれどそれが理由ならこれからもリスケやドタキャンは発生するのだろう。振り回されてばかりの相手は避けたいところだけど。

「そのお仕事はもう終わったんですか？」

ゆいかが変わらぬトーンで訊(なず)ねる。

「いえ、継続中です」

「そうすると今後も急な変更はありうるんですね」

う、と言葉を詰まらせる富津の隣で、武智がまた手を大きく広げた。

「今後のことも考えてくれるなんて嬉(うれ)しいなあ。絶対ないと約束することはできませんが、おふたりとのおつきあいは優先させていただきます」

なんて調子のいい人なんだろうと、麗子は目を見開く。ゆいかが笑いながら言った。

「武智さんは、世渡りが上手(じょうず)そうですね」

「はい。そして富津は正直者です」

本当に世渡り上手だ。麗子も笑えてきた。

「ラムしゃぶサラダ、お待たせしました。タレは別にしていますのでお好きな量をどうぞ」

タイミングよく、料理が運ばれてきた。

薄切りにしてゆでたラム肉が、レタス、パクチー、たまねぎ、赤と黄色の細切りパプリカの上に載っていた。タレは酢と醤油がベースで、ニンニク、ショウガ、ネギ、唐辛子といった香辛料も入っている。さらにトッピングとして、砕いたピーナッツも添えてあった。

「このタレ、酸味があって美味しい。どんどん進みそう」

美味しいという感想は心からのものだ。が、麗子はよりはしゃいで場を盛りあげる。ドタキャンの多さが我慢できるほど好ましい相手なら、目を瞑(つむ)る。そうでないなら友人知人として。許容範囲とバランスの問題だ。会話を楽しみながら見極めよう。

「肉も想像より硬くないでしょ。新鮮だし、切り方も巧いんだと思いますよ」

武智も応じてきた。

「なんだかおふたり、対照的ですね。武智さんはいかにも業界人、広告代理店の人という感じで、富津さんは物静か、まさに研究がお好きそう」

麗子の言葉に、武智と富津が顔を見合わせる。

「いかにも広告代理店の人、って麗子さん、どんなイメージなの？」

ゆいかが訊ねてくる。

「明るい、派手、ゆいかが言ったように世渡り上手、かな」

「ちゃらい、お調子者、なにか企んでいそう、そこまで言ってもらっていいですよ」

武智がウインクしてくる。だからそういうとこ、と麗子は笑みを返す。

「私も、素は地味なほうですが、そういった世間のイメージでふるまうこともできますよ。キャラを作るというか。調子のよさを期待されているときがありますからね。パイプ役としての」

「どんなふうになさるんですか。興味あるなあ」

麗子は煽ってみた。富津が咳払いをして、それまでより少し高い声で話しだす。

「あーＯＫです、オレの顔でそこ、つないでおきますよ。まーかせてください」

「……ちょっと浮いてます。軽いだけの人みたい」

しかもそういうときの一人称はオレなんだ、と麗子は笑いをこらえる。富津の肩が落ちた。

「今はなりきれるシチュエーションじゃないので」

「シチュエーションによって変身するんですね。いま手掛けていらっしゃるお仕事は、どちらなんですか？」

ゆいかの質問に、富津がにっこりと笑う。

「そういうシチュエーションの業界ではないんですよ。でも変身かあ、いいですね。その手があったか。ただちょっと、ふざけすぎかな」

「初めての業界っておっしゃってましたけど、どういう業界なんですか」

麗子が問うと、武智と富津はまた視線を交わす。

「珍しいようでいて、そりゃあるよね、という業界です。会社によってはテレビＣＭも流れてます」

「今回私が担当する会社は、ネットの映像ＣＭをご希望ですけどね。予算の問題もあって」

当ててくださいと言わんばかりの表情をされたが、さっぱりわからない。麗子はゆいかを見る。いくらなんでもわからないだろう、と思ったそばからゆいかが口を開く。

「神具、仏壇仏具、そういった関係ですか？」

え、と富津が息を呑んだ。武智がぽかんと口を開けてゆいかを見ている。

「……当たりです。どうして」

「よかった。飲食関係と二者択一だったんです。でも飲食は珍しいと感じる業界じゃないし、一品目の食べ物をアピールする宣伝にそんなに調査と研究の時間がかかるのかな、と」

飲食? ゆいかがなにを言っているのか、ますます麗子にはわからない。

「どういうこと?」

「お稲荷さん、って言葉からです」

ゆいかの答えに、富津が納得の顔になって言った。

「ああ、その話をしましたね」

武智も口をはさむ。

「我々はたとえ稲荷ずし一品目という仕事であっても喜んでお受けしますし、とことん研究して最適なものを提案しますよ。たとえば愛知県豊川市は、稲荷ずしをご当地食としてさまざまな味で売っています。豊川稲荷は京都府の伏見と並ぶ二大稲荷なんですよ」

ラムしゃぶサラダの皿が早くも空いてしまったせいで、麗子の脳は稲荷ずしの味を想像してしまう。甘じょっぱく煮た揚げに、たっぷりのゴマを雑(ま)ぜた酢飯。口に入れた途端に油と一体になった出汁がじゅわっとにじんで、あとからおとずれる酸味……、ああ美味しそう。

と、なんの話だっけ。

「このビルの屋上にお稲荷さんがあるって武智さんが言ったとたん、富津さんが目の色を変えたので、なにかあるんだろうと思いました。また、変身という言葉にも反応されていたので、狐も絡んでくるんじゃないかと」

推測した理由を、ゆいかが説明していた。

「ビルの屋上のお稲荷さんなんてロマンチックですね。アニメ映画でもあったし」

麗子は話に参加する。アニメはあまり観ない麗子だが、話題作とあって押さえていた。豪雨と、一転する美しい空が印象的な映画だった。

「屋上にお稲荷さんのあるビルは、探せば案外見つかりますよ。三越デパートに三囲（みめぐり）神社があるというのも有名です」

富津が麗子に笑いかける。

「商売繁盛の神様だから、商業施設や会社の自社ビルなどに祀（まつ）られることが多いですよね。一般の人が立ち入れるかどうかは別だけど」

「知ってたの？　ゆいか」

「北部営業所にいたとき、そういうビルで社（やしろ）を見せてもらったことがあるよ。いかにも神社という感じじゃなくて、小さな鳥居と、百葉箱みたいなかわいい祠と」

「一般の人は入れないってことは、そこの会社の人がこぞってお参りするの？　なんか怪しい宗教団体みたい」

麗子が想像したのは、背広の上に肩衣（かたぎぬ）——裃（かみしも）の上着のほうをまとった社長が、社をバックに訓示を垂れている図だ。

「こぞって、って感じでもないようだったよ。いつもは総務で管理してて、祭日と、新製品発売などの区切りのときに役職のある人が参る程度、って言ってたかな。そこは」

「新興宗教ならともかく、お稲荷さんだからね。昔から日本にあるし、実は神仏のなかで最も多く祀られているんだそうです。怪しくないですよ」

「家に仏壇を持ってても、正月は神社に行って、学業成就や交通安全のお守りを持っていて、一方ではクリスマスにケーキを食べるのが日本人の普通だもんな」

富津、武智とともにうなずいている。

「お稲荷さんってオールマイティですしね。稲が生（な）る、から、いなり。もともとは農耕の神様だったでしょう？」

「詳しいね、天野さん。その後、米の流通から商取引の神となり、やがてその土地の特産品も対象になり、漁村では漁の神としても信仰され、氏神としても扱われる。土地の守り神ですね。ほかにも、病気を治す、失せ物探し、武運長久など、霊験あらたかだからとにかく祈っておけ、って感じですかね」

　富津がざっくりと説明する。

「じゃあ、神具や仏壇仏具って、意外と儲かる？」

　たしかに仏壇のＣＭは見たことがあるなと思いながら麗子が問うと、富津は難しそうな顔をした。

「私が今回おつきあいさせていただくところは、神具が中心で、それほど手広くやっていないんですよね。で、ネットで映像ＣＭをと。自社サイトとYouTubeに流す予定です。うまくバズれば、テレビが放送してくれますからね」

「バズれば放送？」

「これ面白い、となると、ＳＮＳなどで盛り上がるでしょう。そうするとテレビが紹介してくれる。情報を流して後押しもできます。地方都市のＣＭでもあったんですよ。注目されて全国ネットのテレビが取りあげたとたん、認知度爆上がり、というのが」

　富津の解説に、じゃあどうすればバズることができるのだろう、と麗子は疑問を持つ。そのままぶつけると、富津も武智も苦笑まじりになった。武智が口を開く。

「それがわかればねえ」

「神棚や稲荷社を、もっと身近な存在として感じてほしいというのがクライアントの希望なんですよ。お守りやお札を買ったあと、そのお札を置くのはせいぜい箪笥の上。それでも効き目はあるけれど、せっかくだから神様の家、神棚や稲荷社に祀ってあげてほしいと。で、バズらせ方ですが、有名人を使えばそれだけで広告効果がある反面、お金もかかります。だからストーリー性が重要なんですね。こう、心の琴線に触れるようなもの。私、アイディアはあるんですよ」

「あるんですか」

と麗子。

「ええ。使いたい女の子もいる。……少し年齢があれだけど、若く見えるし」

「へえ、女の子の話は聞いてなかった。でも富津が言ってたアイディア、学校にお稲荷さんってのは変だろ」

学校にお稲荷さん？　麗子は首を傾げる。ゆいかも不思議そうに問う。

「いくらお稲荷さんがオールマイティとはいえ、学業の場にそぐわない気がしますが」

「実際にあったんですよ。私の通ってた中学校に」

「富津はそう言うんだけど、僕もちょっと疑問が」

「本当の話なんだよ。でも当時の同級生の全員が、そんなものはなかったって言うんです。まったくもって謎なんですよね」

富津の言葉に、ゆいかの目が光った。


武智は煮込み料理を二種類、頼んでいた。ひとつはサイコロ状の肉を赤ワインで、もうひとつはラムチョップをビールで煮込んだものだ。ビール煮のほうから、強いクミンのにおいがする。

「わあ、ラムチョップって焼いて食べるイメージだけど、煮込みもありなんですね。あー、いい香り」

麗子の歓声に、武智が嬉しそうにうなずく。

「阿久津さん、本当に食べることが好きなんだね。披露のしがいがあるなあ。どちらもアルコールで煮てるから柔らかくて美味しいよ。シェアして食べましょう」

武智が取り分けてくれた。ポイント高い、と麗子はテーブルの下で親指を立てる。

勧められて口に入れたラムチョップは、ほのかな酸味と甘みがあった。ケチャップかトマトが入っているようだ。ケチャップって幸せな味だよなあ、と頰が緩む。

こっちはどうかな、と食べてみた赤ワイン煮も柔らかく、スープに肉のうまみが沁みこんでいる。

「赤ワイン煮に入ってるこれ、ひよこ豆ですか？　味のアクセントになっていいですね。ほら、ゆいかも早く食べて」

ゆいかの手が、またもや止まっている。よくない傾向だ。

なぜ仕事の話を聞いていたのに、謎の話になるかな。流れがそっちに行っちゃうでしょ。

イマイチの合コン相手ならそういうのもまた楽しいと、麗子は思えるようになった。しかし今回は次につなげてもいいと思うふたりだ。ルックスもいいし話も面白い。ちゃんとした合コンに舵を切るべき。

富津は中学校にお稲荷さんがあったと主張する。でもほかの人はないと言う。そんなのただの記憶違いでいいじゃん。

「武智さんはご自身もお料理をなさるんですか？　それとも食べ歩きが趣味とか」

麗子は勢いこんで訊いた。さっきの話に戻しちゃだめだ。

「いえいえ全然。忙しいからいつもはコンビニ飯。食べ歩きも話題づくりの一環としてですね」

　武智がそつなく答える。

「そうですか。じゃあご趣味は？」

「趣味は……うーん、今はこれといってないなあ。仕事が面白いので、ほかのことに手が回らなくて。僕たちの仕事は、生活のすべて、身の回りのすべてが企画のヒントだし。でも人と会うことは好きですよ。会って話をして、またヒントを得て。人脈も広げて」

「私も同じです。仕事が面白くて、つい没頭してしまうんですよね」

　笑顔で富津がうなずく。

「富津さんのアイディアのヒントになったのが、中学校にあったお稲荷さんなんですね。中学なら十五年ほど昔ですか？　ずいぶん以前の話ですよね。なにか思いだすきっかけでも？」

　ゆいかがすかさず問う。

　ちょっと待ったー、と思う麗子の目の前で、それは、と富津が身を乗りだした。

「正確には十七年になるのかな、十六年かな。中学一年生のときの話なんですよ」

「一年間だけお稲荷さんがあったんですか？」

ゆいかが首を傾げる。武智も興味深そうに隣の富津を見ている。

「いえ、うちの親、転勤族でね。高校に入るまであちこちに転校しました。私がその中学校に通ったのは一年生のときだけ。しかも正確には、二学期と三学期だけです」

「あー、こういっては失礼ですけど、記憶違いじゃ」

麗子はなんとか口をはさむ。

「お稲荷さんのあるなしが記憶違いかどうかはともかく、富津さんはそんな短期間しかいなかった当時の同級生の全員と、今もつながっているんですか？」

ゆいかが訊ねる。

そこに食いつくか。たしかに言われてみれば、そんな中途半端な同級生の全員とつきあいがあるなんて、不思議な気もするけれど。

富津が笑顔になった。

「それがきっかけのひとつなんです。実は去年の十二月、新幹線のなかで当時の同級生、クラスメイトとばったり会ったんですよ。仕事なにしてるんだ、オレは広告代理店だよ、おおタレントにも会えるのか、会えたり会えなかったりだ、なんか面白い話を聞かせろよ。なんてノリで盛り上がって。そのとき、正月休みにある同窓会に来いよと誘われました」

「同窓会は今までなかったのか？」

武智が問いかける。

「私はその学校を卒業してないからな。ただ一年二組……私のいたクラスは当時からみんな仲がよくて、今も結束が固いまま、毎年正月休みにクラスの同窓会を開催してるっていうんだ。全然知らなかったんだけどね。というか、向こうも私の連絡先を知らなかったわけ。転校ばかりしてたから。高校に進学するタイミングで親が自分の家を持って、ま、父は単身赴任になってしまったけど、そこでやっと拠点ができた形なんだ。そうはいっても以前いた学校にまで住所を知らせないだろ。だから今回が初参加。まあ、私から業界の話題を提供させて楽しもうと、そういう意図で誘われたと思うよ」

「それで、同級生の全員なんですね」

ゆいかが確認する。

「正しくはその場にいた人全員、ですね。欠席者はいましたよ。都合がつかなかったとか、音信不通とか。私もそれまでは音信不通のひとりだったんです。今回は私のおかげで、参加者が多かったと言われたんですよ。担任の先生も来ていて。……当時、教師になって二年目か三年目の先生。今もきれいだったなあ」

富津が思いだすような目をする。

「女性の先生？　もしかして富津さん、その先生が初恋の相手だったりして」

麗子は、ソフトに方向転換を図る。同窓会あるある、そういう話題に持っていこう。

麗子自身も、正月休みに同窓会に出席したのだ。結婚した女子のさりげないマウンティングに、地味だった子が輝くばかりの美人になっていたこと、親しげに話してくる相手の名前を思いだせない焦り、おじさん化している一部の男子、そんなか人気者は今もかっこいいのに薬指にリングがあって大ショック。ネタは山ほどある。

「や、そんなことはないんですけどね」

「そうですかあ。同窓会って、昔好きだった人と会えるロマンチックな機会じゃないですか」

麗子はここぞとばかりに盛りあげる。

「成功者しか来ないイメージはあるけどね」

「ゆいか。そういうマイナス面は――」

と言いかけて気づいた。ゆいかは長期入院で小学校の卒業が一年遅れたと聞く。同窓会には行きづらいのかもしれない。悪いことを言ってしまっただろうか。

表情の固まる麗子に、ゆいかはにっこりと笑った。

「人間観察には打ってつけだから、面白がって参加してる」

「わかる。僕も同じ。大学くらいまで進むと違うけど、小さいころの同窓会は、自分とは違う価値観の人が集まるよね。まさに企画のヒントで、一般人がどう反応するかも得られる」

　武智が明るく言う。ちょっとばかり耳障りなことを聞いた気もする麗子だが、関心はゆいかへと向けられていた。

　ゆいか、今のは気にしなくていいよ、ってこと？　それとも本音？　どちらにしてもごめん。

「そういう反応を見たくて訊いてみたんですよね。詳しい話はしないようにして、中学校にあったお稲荷さんをヒントにCMの企画作ろうと思ってる、ぐらいにふんわりと。イメージとしては、清楚な巫女さんと、過去シーンで子供たち。そしたら、なんのことって不思議がられて。いやいやお稲荷さんあったじゃん、校長室の前に、って言ったら、覚えてないって首を傾げられた。ほかの人に訊いても、知らないのオンパレード。担任の先生もなんですよ」

　富津が納得いかないようすで腕を組む。

　うわー、話が戻っちゃったよ。と麗子は天を仰いだ。

「面白いな。果たしてそのお稲荷さんは、あったのかなかったのか。なかったなら富津の記憶違いで解決だけど」

武智が前のめりになっている。

「あった。たしかだよ。転校してきたとき、変なものがあるな、と思ったんだから。たしかに仕事で関わるまでは忘れてたけど、そんな記憶違いなんてありえないよ」

「では、なぜなかったとみんなが言うのか、ですね」

ゆいかが目を輝かせている。富津が大きくうなずいた。

だめだ。これはもう舵を握れない。いいもん。あたしは狐じゃなく羊を愉しむから。

パスタが二種類、運ばれてきた。一方はひき肉を使ったボロネーゼで、ペンネタイプのパスタを使っている。もう一方はポルチーニ茸のクリームパスタで、チーズの強い香りがした。肉は入っていない。こちらのパスタは平打ちの麺、フェットチーネだ。

せめて、と麗子は羊の話題に戻してみる。

「このポルチーニ茸のパスタは、イタリアンレストランの名残ですか？　羊じゃないんですね」

麗子は早速、クリームを絡めとりながらパスタをフォークに巻いた。口に入れると、

武智が言うように、ミートソースの肉に歯ごたえを感じる。一歳以下の仔羊——ラムではなく、大人の羊、マトンかもしれない。しかしスパイスのせいか臭みを感じない。トマトの酸味も効いている。

「たしかナツメグとクローブも入れていると聞いたよ。ここ、ラビオリも美味しくて、ボロネーゼとどっちがいいか迷ったんだけど、クリームパスタのほうに肉がないから、肉が多めのこっちに」

武智が説明を加える。

ラビオリか、それもいい、と麗子は思った。今度食べにこよう。

ゆいかがポルチーニ茸のパスタを、取り皿の上で食べるともなく何度も巻いている。

「そのお弁当は、誰が持ってくるんですか？」

「持ちまわりです。私のいた二学期と三学期で、二、三回ぐらい順番がきたかなあ。係の印として小さな狐のキーフォルダーが渡されるんですよ」

「出席番号順かなにかで？」

「たぶん。でもそのキーフォルダー、弁当と一緒にお供えするから、先生から次の子に、あとで手渡されるんです。だから先生がお稲荷さんを知らないわけ、絶対にないんだけどな」

「今も変わらないきれいな先生、なんですよね。富津さんがイメージしてる巫女さんって、その先生？」

麗子が訊ねる。

「いえ、うーん、なんていうか」

富津があいまいに笑う。

なんか怪しいぞ、と麗子は勘繰る。ゆいかのような推理力はないが、それくらいのカンは働く。自分に対しては見落としが多くなってしまうけど。でもそんなものかもしれない。期待や思い込みが人の気持ちを揺るがせ、目を曇らせる。ゆいかと、そんな罠にはまった人と会ったことがある。

「やっぱり初恋の人がいたんですね」

ゆいかが笑ってつっこんでいる。

「初恋じゃないですよ。初恋は保育園の先生です」

「先生好きってことじゃん」

武智が、くくっと肩を揺らす。

「だからその先生はきれいってだけで、別にそういうんじゃないから。……まあ、気になる子はいたんですけど」

「わー、聞きたいです、その話」

麗子は声を上げる。舵を任せたのに、通常航路に戻ってきた。よかったー、と思いながら。

「そうは言っても、ある日、ふいに気になったってだけなんですよね。それまで関心がなかったから、話したこともなかったし。あまり目立たなくて、印象に残ってるのは歌が上手いことぐらい。おとなしい子だな、程度の認識だったんです」

「そんなのあとから知ればいいだけだって。で、どうなった？」

武智がにやついている。

「意識したらそのあとは、目に入れないようにしてた」

「は？」

呆れたような武智の声。麗子も同じく、は？　としか言えない。

「親が転勤族だったって言ったじゃない。好きになったところで、離れてしまう辛い未来しか見えない。……小学校のときにね、好きな子がいたんですよ。向こうもたぶん好いていてくれて、つきあうなんてのはないけれどフォークダンスで手をつなぐとドキドキして。でも突然、二週間後に転校するって親に告げられた。すごくショックでした。当時四年生、グレるという行動を思いつくほど大人じゃないし、家出する勇気もなかったけど、以来、女の子を好きになることにブレーキをかけるようになりました。意識せずにしゃべれる子はいいけど、それでも友達以上の関係にはならないようにして」

「いまごろ知ったよ。暗い青春だな」

武智がしみじみと言う。富津が不機嫌そうに彼を睨む。

「わかってるって。でもそれは中学時代までだし、友達ならいたんだからいいんだよ」

「でも、逆にロマンチック。突然恋に落ちたってことでしょ。その日、なにがあったんですか?」

麗子は訊ねる。——その日、どれほど衝撃的なことがあったんだろう。

「別段、なんてこともないんだけど」

「教えてくださいよー」

照れた顔で、富津が視線を下に向ける。

「教室で」

「教室で?」

麗子は繰り返す。

「朝、会った」

富津はそのまま沈黙する。

「……だけ？　もうちょっとこう、シチュエーションかなにかを」

「季節はいつですか」

焦れる麗子に加え、ゆいかが訊ねる。

ほら、ふだんは恋愛に関心のないゆいかだって訊きたがっている。

「冬です。二月末か三月のはじめの、寒い朝。……耳が真っ赤で。そう、あのとき彼女はコートを着てなかったようで、耳が真っ赤だよと言うと、今度は頬まで赤く染まって。それがどこか気持ちにきゅっと、刺さったんですよね」

「やだなんか、かわいい」

女の子のほうもだが、その状況にきゅっとなる中学生の富津も幼げでかわいい。麗子は冬の教室を想像する。きっと静かな世界だ。

「うん、かわいかった。折れそうに細くて、色白の子で透明感があるというか、雪女みたいだって思ったんですよね」

武智がわかりやすく、テーブルから肘を外した。

「富津、雪女は妖怪だ。せめて雪の女王とか」

「女王って感じの子じゃないんだよ。雪女ってほら、薄着ではかなくて美しいイメージだし。そう思ったのは、実際に雪が降っていたからなんだ。珍しく雪が積もった日で、私は終業式と同時に転校したから、あの町で見た最後の雪景色」

思いだすかのように、富津が上のほうを見る。

「その後もあまり、その子を目に入れないようにしてたんですね」

ゆいかが問う。

「なるべくね。そうは言ってもつい、目が追ってしまうんだけど。仲のいい友達と笑いあっているようすなんて、きらきらしてて、ドラマのワンシーンみたいだったな」

「その子、同窓会には来てたんですか？」

麗子はつい、訊きながら顔がにやけてしまう。

「残念。来なかったですね」

「毎年来ていた人ですか？」

ゆいかも訊ねる。

「音信不通のひとりだったので、来ていないですよ」

ふうん、とゆいかが笑った。たしかに残念、と麗子も思う。

ゆいかは取り皿に残っていたポルチーニ茸のパスタを口に入れたあと、ところで、と続ける。

「その中学校はコート禁止ですか？　たまにそういう学校があるそうですが」

「違いましたよ。男子で着てる子は滅多にいなかったけど、どうして。……ああ、彼女が着ていなかったからですか？」

　富津の答えに、ええ、とゆいかがうなずく。

「その子はほかの日もコートを着ていなかったんですか？」

「覚えてなくて……。ただ女子も、コートを着るのはカッコ悪いというか、インナーで調節してジャケットのみ、マフラーはするけど生足がイケてるという風潮がありましたし」

「生足。若いなあ」

　麗子が感慨にふける。昔は麗子もそうだった。今はとてもできない。

「積もってたんですよね、雪。しかも朝から。さすがにコートなしは厳しいのでは」

　ゆいかが言う。

「……ですねえ」

「学校指定のコートですか？」

「たしかそうです。冬がきて寒くなっても、私はぎりぎりまで購入を粘りました。翌年の冬に同じ中学にいる可能性は低いと考えたので。最終的にどうしたかな。結局、買わなかったんじゃないかな」

富津が考えこむ。

「購入しないという選択肢はあるわけですね」

「彼女はコートを持っていなかったということですか？　ただ私と違って残り二年あるだろうし」

「でも我慢しようと思えば我慢できる。その町では積もるほどの雪は珍しい、ということはひと冬に数回の辛抱」

ゆいかの狙いがどこにあるのか、麗子にはわからない。けれどこの話の持っていき方には、既視感がある。

「あの、どうしてそんなにコートにこだわるんですか」

富津が困惑したようにゆいかの顔を見つめている。

「お稲荷さんの謎と結びつくからです」

は？　と武智も口を開ける。

「もしかして、ゆいか」

麗子のつぶやきに、はい、とゆいかがうなずく。

「すべての構図が、見えました」

デザートが運ばれてきた。シフォンケーキに、苺とクリームが添えてある。麗子は紅茶を、残りの三人はコーヒーを注文してあった。

麗子はさっそく、ケーキにフォークを入れる。

「うわ、ふわふわだ。さすがにデザートは羊縛りじゃないか」

「と思うでしょ。でもそのふわふわ、なにでできているか知ってる？」

武智がにやつく。

「シフォンケーキだからメレンゲでしょ。メレンゲは卵白を泡立てて作るから……。そっか、白くてもこもこで、羊っぽいといえば羊っぽい。うん。これ、さっぱりした甘みで、食感も最高ですね」

まずはデザートを味わわせてよね、と麗子はゆいかをちらりと睨む。謎解きモードになると、止まらないんだから。

そのゆいかも、美味しそうにクリームをひとなめしている。富津は続きが気になるのか、シフォンケーキを三口で平らげた。こんなに美味しいものを雑に食べないでほしい。もったいなくて罰が当たる。

「お稲荷さんの謎の話をしてくださいよ。気になります」

ちびちびとデザートを味わっているゆいかに、富津は詰め寄る。

「そちらは単純です。今でいう子供食堂のようなものだったんじゃないでしょうか」

富津が目を見開く。武智の、あ、という声が聞こえた。

「食事が満足に摂れない子供に、無料や低価格で提供するという、あの？　でも十六年前ですよ。あれは時代的に新しいのでは」

富津の問いに、武智はスマホを出して検索していた。なるほどとつぶやき、読みながら答える。

「『こども食堂』という名称が使われはじめたのは二〇一二年という説が多いようだな。しかしそれ以前から、その元祖にもなる活動は一部で存在していて、また、食事だけでなく居場所の提供という意味もあったみたいだ。子供食堂とは多種多様で、明確な定義を持つものではないと」

「はい。名称が使われた年から貧困児童が生まれたわけではありません。社会で問題になりはじめたのはそのまえです。数が増えて可視化されていったからでしょう。わかりやすいので今はその言葉を使いましたが、お弁当を用意できない家庭の生徒のために、持ちまわりで提供することにした、ということだと思います。富津さん、お稲荷さんに供えられたお弁当がその後どうなるか、考えませんでしたか？」

「弁当を忘れたヤツに渡されると思ってました。こう、先生への申請制で」

　富津の答えに、麗子もうなずく。

　その後どうなるのかまでは考えてなかったけれど、誰かが食べるのかな、くらいしか思わなかった。

「富津さんはその申請をしたことがありますか？」

「一度もないですね。父があちこちに転勤するせいで、母は専業主婦をよぎなくされていたんですよ。だからかなり手をかけてもらいました。出かけるときには忘れ物がないか、玄関で声をかけて送りだしてくれて」

「忘れる生徒がいるかどうかわからない、その数も不明、というお弁当を集めるのではなく、誰かに渡すために用意していた、と考えるほうが自然ではないでしょうか。富津さんはふたつかみっつとあいまいな記憶のようですが、多いほう、またはみっつ以上ですよ。三方に放置せずに先生が引きあげているのだと推測します」

　富津は、だけど、と眉根を寄せる。

「わざわざそんな、お稲荷さんに供えるなんて面倒なことをしなくても、直接渡せばいいいんじゃ」

「それは――」

と言いかけたゆいかが一瞬、黙る。

それは違うよ、と麗子も思う。渡されるほうの気持ちを想像してみてほしい。

「優しさ、なんじゃないでしょうか。誰がそのアイディアを考えたのかわからないけど、お稲荷さんという中間地点があることで、お弁当はほどこしではなく神様のおさがりに変わります。直接だと、お弁当を渡す人は、どこか与えてやったという気持ちになります。もらう人は、みじめさを感じます。それを少しでも消すための装置として、お稲荷さんを利用したんじゃないでしょうか。子供食堂も、その名称が広く知られることになって、安く提供を受けることに引け目を感じなくなったと思います」

ゆいかの言葉に、富津は恥ずかしそうにうつむく。

「そういえば仏壇などに供えたものをいただくとき、おさがりって言いますね。……ということはあのお稲荷さん、本物じゃなく、形だけのものだったんだ。ちょっと残念だな」

「ええ。校長室の扉のそば、部屋側に背中をくっつける形で、廊下の途中にあったと言ってましたよね。そして、校長室のある棟と教室のある棟は、平行に並んでいる。学校の建物はたいてい、北側に廊下、南側に教室があります。採光が主な理由です。

校長室のある建物も同じ廊下と部屋の並びということは、お稲荷さんは北を向いていることになります」

「あ。そうだ、お稲荷さんの向きは基本、南か東だ」

「鬼門の北東や裏鬼門の南西に向けたり、地形によって違うという説も聞きますが、北は避けるようです。富津さんから聞いた話を頭で組み立てただけなので、実際のお稲荷さんは真北を避けていたかもしれませんが。とはいえ、その話が出たときに違和感を持ちました。それで、形だけだった可能性もあるのではと」

富津が、ゆいかの説明を納得の表情で聞いている。

なるほど。だからふたつの棟が平行かどうかまで訊いたのか、と麗子は呆れる思いでゆいかを見る。

武智が手をあげた。

「まだいくつか疑問があるんだけど。それ、学校じゅうで、いわば、ごっこをしてたわけだよね。富津、気づかなかったの？」

「変わったことしてる学校だなあ、ぐらいしか。だいたい、お稲荷さんとは本来どういう場所にあってなんの神様なのか、なんてのも当時は知らなかったし。先生に訊ねたことってあったかなあ。ああ、友達には訊ねたかも。でも、面白いでしょう、程度でスルーされたような。実際、私も面白がっていただけで、深掘りしようとしなかった」

「保護者には、意図が説明されていたんじゃないでしょうか。生徒にどこまで知らされてたかはわからないけれど、知らせるなら一学期でしょう。二学期から転校してきた富津さんには聞く機会がなかった。狐のキーフォルダーを渡されたら翌日お弁当を余分に持ってくるきまり、それだけ伝わればよいと考えてもおかしくない」

ゆいかが答えた。

「弁当をもらっている生徒がいると、わざわざ喧伝(けんでん)する必要はない、ってことか。私がどういう性格の生徒かわからないのだから仕方ないですね。騒いだりからかったりする子かもしれないという危惧は持つでしょうし」

富津が苦笑する。麗子は、あ、とつぶやいた。

「もしかして、ゆいかがコートにこだわっていたのは」

「うん、購入していないんだと思った。どのコートを着てもいいならなにか買うけど、学校指定だと三年間しか着られない、ってためらうよね」

「そういえば最近は、制服専用のリサイクル店ができてるらしいね。十六、七年前ってどうだったのかな。ブランド品のリサイクルショップなら高校のときに行ったけど」

　武智が言う。

　そうか、この人はそういう人なんだと、麗子は思った。プチリッチな家庭の温室育ち。親から買い与えられるほどではないけれど、ブランド品を中古で購(あがな)う小遣いはもらっている。

「それ、彼女が弁当をもらっている生徒だったってことですか？　だけど、昼休み、普通に弁当を食べてましたよ。彼女はおとなしい子のグループで、輪になって楽しそうに。……そう、そのグループのひとりとは同窓会で話もした」

　富津が考えこみ、あ、と声を上げて続けた。

「たしか、学校からこう言われた気がします。お供えに持ってくる弁当は、処分できる容器が望ましいと。彼女はほかの子と同じような弁当箱だったはず。処分できる容器だったら目立つからきっと覚えていますよ。たまにコンビニ弁当を持ってきたヤツがいたけど、目立ってましたし」

　ゆいかがにっこりと笑った。

「目立つものを目立つままにはしませんよ。それこそからかいの種になってしまう。先生の協力のもと、手持ちの弁当箱に詰め替えるんじゃないでしょうか」

「そりゃそうだね」

武智が笑う。ところでね、と言葉をつなぐ。

「疑問はまだ残ってるんだ。生徒に意図が知らされていたかはわからない、とのことだけど、知らされてなくても、カンのいい子や天野さんのようになにかを追求したい子は、やっていることに気づくよ。で、気づいてる子と気づかなかった子がいたかもしれないのに、同窓会では全員が富津に、お稲荷さんはなかったと答えているんだ。天野さん、この説明はつく？」

「先生もですよね。それから同窓会の翌日行った中学校で話をした人も」

麗子も問う。翌日の中学校で富津と話をしたのは、現在の校長先生だ。

ゆいかがコーヒーを口にしながら答える。

「今の中学校の関係者は、校長先生をはじめすっかり入れ替わっているとのことだから、そちらは本当に知らないのかもしれませんね。でも同窓会に来ていた人がみな、なかったと答えた理由はひとつ。——全員で嘘をつくことにしたから」

武智が満足げにうなずいた。

「だよね。それは僕も思う。全員が犯人って小説もあるぐらいだもの。ということは、お稲荷さんとはなんだったのか、今では全員が知っているわけだね。でもその嘘をついた理由は？」

「私こそ知りたいですよ。なんで嘘なんて」

富津がため息をつく。

「中学校にあったお稲荷さんをヒントにＣＭの企画作ろうと思ってる、と言ったからですよ」

ゆいかの言葉に、え、と富津が愕然（がくぜん）とする。

「嘘をつくのは、隠したいことがあるからです。お稲荷さんはもう存在していない。どこかの時点で、お稲荷さんを介して弁当のやりとりをするという行為が問題になったんでしょう。富津さんが通っていたときの校長先生は、富津さんの転校と同じタイミングで異動したそうですね。次の校長先生か、教育委員会からの横やりかはわかりませんが、そういうのはよくないという発令がされたんじゃないですか。理由はいろいろあると思いますよ。食品の衛生管理の問題、宗教観の問題、生徒に区別をつけること、ひいては贔屓（ひいき）、いじめの温床、などなど」

「いじめなんて、なかったのに」

悲しそうに富津がつぶやく。

「全クラス、全学年のことまでは知りませんよね。転校の多い富津さんはどこかで、深くかかわることにブレーキをかけていたんじゃないですか」

「……言われてみれば、そうかもしれない」

「お稲荷さんはなかったものとして扱おう、口をつぐむことにしよう。かつて撤去されたときに、そういう取り決めがされたのではないでしょうか。たとえはじまりのときには生徒がその意図を知らなかったとしても、終わるときには知ったはずです。あれはこういう理由でやっていたことなんだよと。そうやって隠してきたものを、いきなりCMにすると言われた。どういう影響を生むかわからないので、知らないと答えた。毎年クラスの同窓会を行っているなら、グループLINEぐらいあるでしょう。最初にあなたに話を振られた人が、驚いて全員に拡散。箝口令のできあがりです」

わー、と富津が頭をかかえる。

「だとしたら悪いことをしちゃったんだな。彼らの気持ちはわかる。……わかるんだけどさあ、でもなんていうか」

「ショック？」

武智が富津の肩を優しく叩いている。

「そう、ショックだ。言ってくれればわかるじゃないか。これこれこういう事情でCMにしてもらっては困ると、説明してくれれば私だってやめるよ。なのに嘘って。信用されてないんだなあ。同窓会に来いよって、誘ってくれたのに。冷たいじゃないか」

誘われたのはお稲荷さんの話をするまえですよね、という言葉は慰めになっているだろうか。麗子は迷い、口にするのを控えた。

「これじゃ、黒い羊だ」

富津がぼそりと言う。

「黒い羊？」

と麗子がおうむ返しにすると、富津は自嘲気味に笑った。

「羊のイメージって、従順や温和ですよね。イエスは神の子羊だし。羊は善なるもののシンボルなんですよ」

ああ、と武智が納得したように苦笑する。彼はなにを言いだすかわかっているようだ。

「羊にはそういう良いイメージが多いんだけど、悪いイメージで使われる言葉もある。black sheep って言葉を辞書で引くと、やっかいものって出てくる。白い羊の集団に黒い羊を交ぜると、除外されてしまうとも聞く。一年二組の同窓会で、私はその黒い羊になってしまった」

「そこまで卑下しなくても。十六年ぶりの再会だから、相手のことがわからないのはお互いさまでしょう。それに不安だっただけじゃないでしょうか」

ゆいかが静かに笑う。

「不安？」

不審そうに、富津がゆいかを眺めた。

「ある人を護（まも）りたいというか。富津さん、あなたは意図してか意図せずかわかりませんが、隠していることがありますね」

武智が手をあげて店員を呼んだ。飲み物の追加をもらう。

メニューを持ってきましょうかと言われたが、麗子以外のみなが話の追加のほうを望み、同じものをもう一度と短く答えた。麗子は、あればジンジャーエールをと頼んだ。辛口と普通とどちらがいいか訊ねられたので、辛口と答える。

せっかくだから別のものを楽しみたいって気持ち、ゆいかたちにはないんだろうか。人生、損するぞー。

「隠してることって、なんですか？　自分自身ではわからないのだけど」

「ということは意図していない、のほうか？」

富津は困惑していた。武智がつっこんでいる。

「もうひとりの同級生の話です」

誰のこと？　と麗子は首をひねる。

「雪の日に好きになった雪女さんです。すでに会っているんでしょう？」

ゆいかの言葉に、富津の顔がみるみる赤くなる。

「え？　だって、同窓会には来てなかったって」

ジンジャーエールを受け取ったあと、麗子が発言した。武智も軽くうなずきながら言う。

「音信不通のひとり、とかいう話だったよな」

でも、とゆいかが人さし指を立てた。

「同窓会には来てたんですか、という麗子さんの質問に対し、富津さんは、来なかったですね、と言いました。改めてわたしが、毎年来ていた人ですかと訊ねると、そこで音信不通のひとりと。来なかった、とは、来るはずだったのに来なかった、とも取れる表現です。しかも、音信不通のひとりだった、と、過去形で語りましたよ。今は違うということですよね」

あいかわらず細かいな、と麗子はジンジャーエールに差したストローをする。辛口の名のとおり、刺激的ですっきりした味だった。

富津は黙ったままだ。

「お稲荷さんのCM、富津さんのアイディアにはすでに、イメージがあるんですよね。清楚な巫女さんと、過去シーンで子供たち。それと最初に、使いたい女の子がいる、とも言っていました。少し年齢があれだけど、若く見える、とも。富津さんのイメージ上の巫女さんはお幾つぐらいなんでしょう。二十歳前後？　少し年齢があれ、とは、少々トウが立っているということでしょうか。それは二十代後半から三十歳、わたしたちから富津さんぐらい？」

「失礼しました。その発言は忘れてください」

「非難してるんじゃないですよ。わたしが言いたいのは、それくらいの年齢をした使いたい女の子、つまりはタレントさん、またはモデルさん俳優さんがいるということと、忘れかけていた学校のお稲荷さんを思いださせた本当のきっかけは誰なのか、ということです。だって富津さん、新幹線で会った同級生のことを、きっかけのひとつと言いましたよ。つまり、ほかにもあるってことでしょ」

武智がにやけだした。

「はーん。富津が学校のお稲荷さんっていうアイディアにこだわっていたわけがわかった」

「新幹線で会った同級生も、雪女さんが今、それらの活動をしていることを知ってますよね。富津さんと偶然会って、富津さんだけではなく、富津さんを介して雪女さんも同窓会に呼びたかったんじゃないですか？　または仕事はなにかと訊ねられて、『オレは広告代理店だよ』と答えた富津さんが、彼女も呼べると言った。『あーOKです、オレの顔でそこ、つないでおきますよ。まーかせてください』なんて軽いキャラを作って。アウェイの同窓会に胸を張って乗りこむならそのキャラのほうがいいし、相手からも望まれている」

「責めないでくださいよ」

富津が身を縮めている。そのようすが、雪女と会えていると告げていた。

「責めてもいないですよ。同級生の気持ちを想像しているだけです。雪女さんは来なかった、残念だけど彼女も忙しいのだろうから仕方ない。そんなところに富津さんがCMの話をはじめる。どうやら雪女さんをイメージしているもののようだ。ただ、富津さんは知らなくても、同級生たちは知っている。雪女さんはコートの購入を我慢していた。お稲荷さんのおさがりをいただいていたのだろう。富津さんが軽いキャラのノリで進めるCMは、雪女さんの過去をあばくかもしれない。それまで音信不通だった雪女さんだ。彼女が望んでいないことかもしれない。阻止しなくては。そう考えたのじゃないかって」

「……そういえば、最初にCMの話をした相手は、彼女とよく一緒にいた子だった」

ふう、と富津が深くため息をついた。

「優しい人たちじゃない」

麗子と武智の声が重なった。

☆

「それで富津さん、その後どうなったの？」

公園そばの移動販売車――キッチンカーに並びながら、ゆいかが訊ねてくる。

移動販売車は時期によって入れ替わりがある。自分の店を持った楢崎はもう来ないし、岡のカレーの販売車は別の曜日だ。今並んでいるのはハンバーガーの専門店。ミート百パーセントのパティが売りで、牛オンリーも、牛と豚の合い挽きも、その割合も選べる。野菜の種類も多く、好みに応じて量を増減できるので、ゆいかの小言もかわせそうだ。

「一番ストレス少なく訊ねられる相手、つまり自分のお母さんに、お弁当のことを訊いたんだって。お母さんはすっかり忘れていて、なんのこと？　って反応だったんだけど、事細かに説明したら、そういえばと思いだしてくれたって。お弁当を持ってこられない生徒のために、持ちまわりで提供しているからお願いしたい、って学校から要請があったそうだよ」

「お稲荷さんのお供え物として、ってことね」

「そのへんは覚えていないみたい。何ヵ月か毎に引越しして、いろんな手続きして学校とも地域の人ともつきあって、子供たちに手間暇かけて、くたくたでいちいち覚えてないわよ、あなたたちは勉強と遊びをしてればよかったでしょうけど。って叱られたってさ」

「たしかに。父親は会社に行っちゃうから、母親があれこれするしかないね」

「しかも富津さん、三人きょうだいだって。手間暇は三倍」

「わたしなら倒れそう」

「で、出かけるときには忘れ物がないか、玄関で声をかけて送りだしてもらうんでしょ、甘えてるよね」

そう言った麗子の顔を、ゆいかがまじまじと見てくる。

「なに？」

「それで、麗子さんのお眼鏡にはかなったの？」

「富津さん？」

　ゆいかがうなずく。

「そうだねえ。ああ、例の雪女さんは、会えて懐かしくて舞いあがったけれど、自分とはとても釣りあわないと思う、関係も進まないだろうとのことだよ」

「でもなんとなく疚しさがあって黙ってたと」

「ずるいよね。気持ち、しっかり残ってるくせに」

　麗子は肩をすくめた。

「武智さんのほうもなあ。明るくて話題が豊富なんだけど、なんか、調子いいしね。あと、そこはかとなく上からっぽい。同窓会で会う人のことを一般人とか言っちゃってさ。じゃああなたはなにもの？　なに人？　って思ったよ。バリバリのマウンティングを取ってくるヤツほどじゃないけど、エリート臭が漂うっていうか」

「どちらも決め手に欠けるということね」

「うん。ゆいかは？」

　そうね、とゆいかが青空に目をやる。

MENU 2

アンモナイトは
百貨店の夢を見るか

——そのお店はダメ。地下にあるから換気が悪そう。

阿久津麗子は、天野ゆいかからのメッセージを受け取った。

ってまたか。これで何度目だろう。前回のランチ合コンは相手からのリスケジュールを受け続けたけれど、今回はお店がなかなか決まらない。

それもこれも、突然流行(はや)りだした新型ウイルス感染症のせいだ。マスクや一部の紙製品が品薄になり、休校が急に決まって子育て中の先輩方が右往左往。ふだんは冷静な鶴谷部長でさえ頭をかかえていた。既婚だとは知っていたけれど、いつもは子供の学校の話なんてしない人だ。仕事にプライベートを持ちこまざるを得なくなって、悔しそう。

鶴谷部長の四角四面なところが苦手な麗子だが、相手に求める分、自らも強く律してきっちり線を引く態度は、さすがだと思う。自分のポリシーを曲げなきゃいけなくなるのはつらいだろう。

ポリシーといえば、ゆいかも曲げずに貫くタイプだ。健康リスクへの備えは、ゆいかのポリシーのひとつといっていい。

仕方ないなあ、と麗子はゆいかを女子トイレに呼びだした。

「ひさしぶり、ゆいか」

「毎日、会社ですれ違ってるよ」

そっけない返事が戻ってきた。鏡越しに目を合わせるゆいかは、マスクをつけたままで化粧直しさえしない。だっていま口紅要らないでしょ、だそうだ。

「さっきのお店の話だけど、換気がポイントなの？　この間の店はスペースに対して座席数が多いって言ってたよね」

「同じことだよ。人が密になったら空気が滞留するでしょ。できればオープンテラスがいい」

「外？　いくら暦の上では春でも、まだ三月になったばっかだよ？　風邪を引くよ」

「コート着るからだいじょうぶ。それと、料理を個別に盛りつけてもらえるところで」

「細かっ！」

「だって気になるもの。それに知らない人と会うのは、あまり気乗りが――」

その先は言わせない、と麗子が食い気味に話しだす。

「言わないでよー。約束したんだもん、いまさら後には引けない。後輩のためにも弱みを見せるのはいや」

「弱み？」

「今回会う若槻佑人、正月の同窓会に来てた高校の同級生だって言ったよね」

「聞いた。その若槻さんが、同じお店に勤めている人を連れてくるんだっけ」

「あたしが高校時代にテニス部だったって話も、したことあったでしょ。若槻もテニス部、でも補欠。うちの学校、ずっと女子のほうが大会の成績がよくて、決めごとの主導権も女子が持ってたんだ。今でもそうらしいから、約束を違えたなんて話が伝わったら、後輩に迷惑がかかる」

ゆいかの目が、呆れたように見開かれた。

「今までとこれからは別だし、わたしを理由にして断ればいいじゃない」

「そうかもしれないけど、先輩としては責任があるの」

話にならない、とばかりにマスク越しにため息をつかれた。

「探すから。ゆいかの条件に合うところ。待ってて」

それじゃあ、とトイレの前で別れた。互いに自分の部署へと戻る。麗子は経理部に、ゆいかは人事部に。

後輩に迷惑をかけたくない、というのも本音だけど、麗子はここのところ息苦しくてたまらない。旅行は控えたほうがいいというのでゴールデンウィークの計画は白紙のまま、先日予定していた夜の女子会もキャンセルになった。慎重なゆいかでもOKを出すレベルまで対策を取れば、アルコールの入らない会食くらいはいいんじゃない？

会社の昼休み、電車の行き帰りに加えて自宅でも、麗子はグルメサイトを検索し、最新コメントをチェックした。みなが手探りとはいえ、感染対策がしっかりしたところを探す。ここならどうか、という店をゆいかに送った。

三つのうちひとつが、条件付きで合格となった。テラス席が予約できることと、料理の個別盛りつけを依頼できることだ。

☆

「晴れてよかったー。実はゆうべ張り切りすぎて、てるてる坊主まで作っちゃった」

会社の外に出た麗子は、思いきり伸びをした。まだ空気は冷たいが、昼どきの日差しは暖かだ。太陽ばんざい、と仰ぎ見る。

「日焼け止めは塗った？　三月は十二月の二倍の紫外線が降り注ぐっていうよ」

案の定、ゆいかがつっこんでくる。

「抜かりなし。髪にも紫外線防止剤をスプレーしてきた。ウイルスもバリアするってパッケージに書いてあったけど、本当かなあ」

「わからないことが多すぎて判断がつかない。迷走グッズもあれこれ出てるし」

「迷走グッズ。あはは、たしかにね。それ効果あるの？　って素人でも感じるようなの。でも気持ちはわかるよ。すがりたくなるもん」

「基本は手洗いにマスク、人との距離を保つこと。あとはバランスのいい食事とたっぷりの睡眠、かな。だから相手とはなるべく離れて座りたい」

「離れると声が大きくなって、かえって唾が飛ぶんじゃないの？」

「普通の会話で唾が飛ぶほど興奮するとは思えないけど、正解かどうかは悩ましいね」

困ったようにゆいかがうなずく。

ゆいかにも解けない謎か、と麗子は隣を眺め見た。

でもそりゃそうだよね。世界中の人たちが、どう行動すればいいか惑っている。海外ではロックダウンで、外出したら罰金なんて言ってる国があるし。国内でも一部でリモートワークがはじまって、電車も空いてきている。ピーク時より七、八割の混み具合といったところだろうか。それはそれで楽だけど。

「ま、ともかく、栄養摂ろう。身体も心もね。気分転換しましょ」

ひさしぶりに、ひとりきりではない外ランチだ。制約はともかく、楽しまなきゃ損だ。マスクの下、麗子の口元が緩む。

「そうだね。楽しみにしてる」

ゆいかの目が笑って細くなる。

「ん？　この間、気乗りしないって言ってなかった？」

「昨夜これを見つけたの。越善屋の公式Instagram」

ゆいかがスマートフォンの液晶画面を麗子に見せてくる。越善屋は老舗百貨店で、今回のランチ合コン相手、若槻が大学卒業後に就職したところだ。福岡店、札幌店を経て、年明けから本店に勤務している。地下食品街の副主任を任されていると聞いた。

「インスタあるんだ。見てなかった。お勧め品を紹介したり、セールの告知を載せたりするのかな」

「うん。売り場の紹介や、小ネタ情報も。で、見つけたのがこれ」

ゆいかが示したのは、壁だった。壁の写真に、丸と矢印がついている。

「なに？　この茶色の壁。大理石だよね」

「ちゃんと見て。アンモナイトの化石が入ってるの。面白いでしょ」

はあ、と麗子はゆいかとスマホの画面を見比べる。どこが面白いのだろう。

「古い施設やビルにはよく天然の大理石が使われてるでしょ。割とあるんだよ、化石の残った大理石が切りだされて壁や床材になることが。越善屋でも三階エレベーターそばのこの柱に、アンモナイトの化石があるんだって」

「ふうん。うちの会社、こういう素材フェチの人がいそうだよね。ゆいかもだったとは」

経理部とはいえ、麗子も大仏ホームの人間だ。建築素材の知識はざっくりとある。

「わたしは、街で見かけたら気分が上がる程度かな。でもそれよりも注目は、これに対する返信の書き込み」

ゆいかの指が、液晶画面をスワイプしていく。Instagram の投稿は、写真が左に、コメントが右に載る形式で、コメントの欄の下に見た人からの返信が寄せられる。くっきり形が残ってますね、ＪＲ名古屋駅の床にもウニの化石がありますよ、横浜ランドマークタワーにも、などと、化石入りの壁に対する返信がいくつか並んでいる。その最後に、「これは我々が持っていたものです。取り戻しにいきます」と書かれていた。

「……なにこれ」

「犯行予告」

「悪戯じゃないの？」

「麗子さんの同級生はこのこと知ってるのかな。わくわくする」

はあ、と麗子はため息をついた。

知らない人と会うのは気乗りがしないなんて言っておきながら、こういうことには目ざといんだから。なにが犯行予告だ。悪戯に決まってる。ネットの書き込みを、しかもこんなふざけたものを本気にしてどうする。ゆいかはなんでもかんでも謎にしちゃうんだから。

「念のため言っておくけど、いきなりその話をしちゃダメだからね」

「わかってる。事件を面白がってるって思われると、口が堅くなるしね」

ゆいかは満足げに、首を何度も縦に振っている。

「事件って、ねえ」

歩きながら話をしているうちに、予約の店に着いた。公園沿いのビルの一階にあるスペイン料理店だ。併設された広いウッドデッキにガーデンパラソルがいくつか並んでいて、公園の側からも短い階段を上って入れる。ランチタイムがスタートしたばかりで、客はほかに一組だけだ。

ゆいかをその場に待たせて、店内へと入っていく。白い壁にベージュのテーブルという明るい雰囲気の内装で、壁に釣り下がるは、赤、国章入りで黄、赤、という派手な色彩のスペイン国旗。予約をした阿久津ですと告げると、そばのカウンターから声がかかった。

「よ、阿久津。二ヵ月ぶり」

合コン相手の若槻だ。小柄で淡泊な顔立ちは高校時代と同じだが、同窓会では万年補欠だったころの自信のなさが影をひそめ、明るい口調で周囲の人たちと歓談をしていた。カジュアルな服装も流行を押さえていて、どこか輝いて見えた。ひとことで言うと、垢抜けた、だ。

今日の若槻はビジネススーツ。白無地のワイシャツに濃いグレーの上下と、一見、お洒落(しゃれ)度は控えめだが、靴はポインテッドトウのホースビットローファーと、こだわりが見える。

「先に来てたんだ」

「ついさっき。せっかくだからと思って、店内のようすも見てた。職場の宴会なんかにも使えそうだ。こちら、先輩の三門秀之さん。先輩、こいつが阿久津麗子」

こいつ扱いかよ、と若槻につっこみを入れたい気持ちはあったが、麗子はいったんマスクを外し、笑顔になる。

「はじめまして。高校の同級生なんです。今日はよろしくお願いします」

「こちらこそ、はじめまして。やあ、若槻くんから聞いていたとおりの方ですね」

「なんて言ってました？」

「背が高くて凛として、高校時代も今も魅力的だと。どうぞよろしくお願いします」

涼やかな声で会釈をしてきた男性は、四、五歳ほど年上で、若槻と並んでいるせいか、かなり背が高く見えた。地模様のある濃紺のスーツをまとい、靴はウィングチップ。つま先は同じく尖っている。

若槻、本当はなんて紹介したんだろう。凛としている、って言い換えると、圧があるってことじゃない。といぶかる麗子だが、ここで若槻を睨んではいけないと、笑みを保つ。

給仕係の男性がメニューブックを持って現れ、デッキへといざなってきた。こちらへ、と席を案内される。

「え。ここですか？　四人席でとお願いしたのですが」

示してきたのは、六人席のテーブルだった。デッキに置かれているなかで最も大きい。

「いいんだよ、阿久津。変更の連絡をしたんだ」

若槻が言う。

「変更ってどういうこと？」

「屋外で、料理は個別に盛りつけて、と感染対策を重視なさっていたので、なるべく広いテーブルをお願いしたんです。ちょうど空いているということで、こちらに替えていただきました」

麗子の問いに、三門が答えた。

へえ、とゆいかの感心したような声がした。麗子も感嘆を漏らす。

「うわあ、ありがとうございます。お気遣い嬉しいです。ご紹介が遅れました。こちら、天野ゆいか。職場の同僚です」

「はじめまして。わたしがいろいろと注文をつけたんです。ありがとうございます」

ゆいかが素直に頭を下げている。今後の話の展開を見据えてか、ずいぶんとおとなしげだ。三門が手を軽く横に振った。

「いえ。私たちもお客様がお相手の仕事なので、気をつけるに越したことはありません」

「提案してくれたのは三門先輩のほう。目配り気配りが利いて最高のコンシェルジュになると評判なんだ」

「越善屋もコンシェルジュサービスに力を注いでるんだね」

麗子が応じる。

大型ショッピングモールやネット通販などに客が流れた百貨店業界が、昨今、挽回策として打ちだしているのがコンシェルジュ業務だ。百貨店のインフォメーション業務のほかに、お客の要望に合わせてさまざまなサービスを行う。商品知識を豊富に持つ百貨店ならではの強みを生かした機能として、各店が取りいれ、強化を図っている。

――という程度の知識は、麗子も持っている。いくばくかのお金を支払って一定時間つきあってもらい、自分にぴったりの服を選んでくれるサービスがあると知り、得たものだ。元々のコンシェルジュ業務とは少し異なるとも聞くが、人気があり、商機につながっているらしい。一度利用してみたいと思うものの、それだけ手間暇をかけた服を着る「ここぞ」の機会がないままだ。

「百貨店のコンシェルジュって、究極のサービス業ですよね。百貨というだけに、さまざまな知識が求められそう」

ゆいかが興味深そうに眼を輝かせる。そうだ。ゆいかは謎も好きだけど、無駄に知識や蘊蓄を身につけるのも好きだった、と麗子は思いだす。そちらの方向に話を引っ張って、犯行予告だの事件だのといった剣呑な話題を避けられないものか。

「そうですね。私は昨年の夏に大阪から本店に戻ったばかりなので、まだまだ勉強中ですが、そこは想像力や共感力で補っています。……と、その話はあとにして、メニューを決めませんか？　お店の方を待たせてしまっている」

三門の目が、柔らかに笑っている。すみません、とそれぞれが渡されたメニューブックを開いた。エル・グレコ、ピカソ、ダリ、ミロの絵画が表紙に印刷され、バインダーリングで止めてある。絵もリングの色もさまざまだったが、メニューの中身は同じだそうだ。個別の提供に応じられるメニューはあらかじめ聞いていたのですんなり決まったが、一品だけ麗子がこだわった大人数用の料理があった。

「だってスペイン料理店でパエリア食べないなんてあり得なくない？」

「スペインといっても、その一部、バレンシア地方の料理でしょ。それに材料はお米と野菜、魚介類または肉類、自分でも作れるじゃない」

ゆいかが肩をすくめる。

「一人鍋みたいなパエリアなんて嫌。いろんな材料から出たスープをお米に吸わせるんだよ。大量に作るほうが絶対美味しいじゃない」

最初にお分けしますよ、と給仕係がアドバイスして、麗子の希望は通った。

相談のうえで、ガーデンパラソルは畳んでもらった。座ったままだと少し冷えるが、風もなく、穏やかな日差しだ。借景となる公園の木は常緑樹が多いのだろう、芝生に影ができている。

サービスの水が出てきたので麗子は再びマスクを外した。三門と若槻がならう。穏やかにほほえむ三門は頰骨のあたりがすっきりしていて、麗子の好みに合った。

偉いぞ、若槻。尊敬する先輩を連れていく、としか聞いていなかったから当日のお楽しみとドキドキしていたけど、グッドチョイスだ。

まずは温まろうと、ファバーダというインゲン豆の煮込み料理を持ってきてもらう。

「さすが三門先輩、美味しそうです」

若槻が片手でガッツポーズを作る。三門が最初の料理として頼んだものだ。

「スペインって情熱の国、暑そうなイメージだけど、内陸部の冬は寒いそうです。だから今食べるのにぴったりでしょ。メイン料理にもなるけど、これからコースをはじめてお腹を温めるという話も聞いたことがあるんです。ワインがあればなお温まるけど、今日はそういうわけにもね」

　三門がとろけるようなほほえみを寄こしてくる。麗子たちは昼休憩に足した時間有休だが、若槻と三門は遅番の午後出社だそうだ。

　麗子は、ファバーダにスプーンを入れた。インゲン豆の素朴な柔らかさが舌にとろける。

「一緒に入ってるソーセージ、チョリソーなんですね。辛いからいっそう身体が温まりそう」

「豚肉からも旨みが出てますね。美味しいです」

ゆいかが満足げに目を細める。料理が運ばれる直前までマスクをしていたゆいかだが、今はさすがに外している。

「あれ、ゆいか。肉嫌いじゃなかったの?」

「嫌いなわけじゃないよ。麗子さんみたいに一度に大量に食べる気がしないだけ。豚肉はビタミンB1が豊富だから疲労回復にも有効。でもこれ、もっと野菜を入れたほうが栄養バランスがいいと思う。ここに入ってるの、豆とタマネギだよね。ニンジンとかパプリカとかキノコ類とか」

「別の料理にしなくていいっ」

麗子がつっこみを入れると、若槻が笑いだした。

「阿久津と天野さん、かみ合わないようでかみ合ってる。楽しい職場だろうな」

さぞかしね、と三門もうなずく。

「おふたりとも職場ではバシバシと仕事を回していそうですね」

これはあからさまなヨイショか？　と麗子は三門のようすをうかがう。スマートな雰囲気は好みだけど、お客さん相手の仕事だけに、本心が見えづらい。

「あたしたち、以前は一緒の部署だったけど、今は別のところにいるの。だからちょっと淋しいな」

「会社は仕事をするところなので、問題はないです」

麗子はデレてみせたのに、ゆいかはすげない。また笑いが起きた。

「三門さんはコンシェルジュで若槻は地下の食品街、おふたりも別の売り場なんですね」

麗子が訊ねると、三門は首を軽く横に振った。

「実は私、今は婦人靴の売り場にいます。人員の関係でヘルプに入ることになって。でもせっかくだからシューフィッターの資格を取るべく、しばらくそのままいさせてもらおうと思っています」

「わあ、シューフィッター。それもデパートには必須のサービスですよね。あたしは内勤だからいいけど、営業の子は、足に合わない靴に当たったときは大変だって泣いてます」

「阿久津さん、内勤外勤関係なく、どんなときでも足に合う靴は大切ですよ。全体重を支えるわけですから、デザインだけで選んでは将来にツケを回すことになります」

　三門にたしなめられ、麗子はテーブルの下ながら足をひっこめた。たまに靴擦れを生じさせながらも脚全体がきれいに見えるからと履いているハイヒール。ばれちゃいそうだ。

「よく聞いとけよ、阿久津。三門先輩のアドバイスをタダで聞けるなんて、滅多にないんだから」

「よしてよ若槻くん。お客様にはいつも言ってることだよ」

「若槻さんはずいぶん、三門さんを尊敬なさっているんですね」

　ゆいかが口をはさんだ。

「売り場を改革し、売り上げを伸ばし、社長賞を何度も獲(と)ってますからね。北の大地にもその名は轟(とどろ)いていました。今回やっと一緒の店になれたので、今のうちに先輩からおおいに教わりたいと思っているんですよ」

若槻が嬉しそうにしている。これは本心から言ってるな、と麗子は思った。高校時代の若槻は、気弱で自信なさげにしていたが、決してひねくれてはいなかった。素直そうな表情は昔と変わらない。

ゆいかが若槻をじっと見ている。

どうしたゆいか。気になる？　でも若槻だよ。ずっと補欠で運動神経はないよ。まあ、ゆいかも運動は得意じゃないというから、合っているといえば合っているけど。

と麗子はふたりを眺めたあと、三門に視線を移した。

仕事ができる男と評された三門は、照れたのかはにかんでいる。

「いや、私こそ若槻くんには教わることが多いんですよ。食品街は直営だけでなくセレクトしたお店にも入ってもらっているので、販売員もそちらからの派遣なんですが、若槻くんは販売員からの評判が最高にいいんです。愛されキャラなんでしょうね」

「評判っていっても、母親世代からですよ。子供扱いされてるんじゃないかな。でも自分の企画やアイディアを推し進めるにはいい環境だと思うんですよね。この先、季節ごとの共通テーマを作って、いろいろやっていきたいし」

三門に褒められた若槻は、さらに嬉しそうな表情をしていた。

「おふたり、仲がよさそうですね」

興味深そうに、ゆいかが言う。

「仲がよいというか、越善屋の方針なんですよ。みんなで褒めあってよいところを伸ばしていこうと。もちろん足りない部分は注意しますよ」

「三門先輩、仲がよいという部分、否定しないでくださいよ」

若槻が焦ったように早口になる。これはかなり崇拝しているな、と麗子は苦笑した。

「いい方針ですね」

「伝説のアイディアマンがいまして、今は役付きで上の位置にいる人なんですが、その方が打ちだしたんです」

「もう六十歳ぐらいなんだけど、SNSの活用を最初に口にした人なんだ。ほかにも若手の登用や異業種への研修制度など、やれることをどんどんやっていこうという考え方でさ。百貨店業界は右肩下がりって言われているけど、うちの店、風通しがいいと思う」

若槻が嬉しそうに説明する。

「SNSといえば――」

とゆいかが食いついた。例のインスタの話題にはまだ早い、と麗子は牽制する。

「伝説のアイディアマンだなんてカッコいいですねー。憧れちゃう」

「ええ、紳士的でダンディな人なんです。人柄だけでなく、エピソードでも全社員が憧れるできごとがありました。かつて、私が今いる婦人靴の売り場を担当していたんですが、当時の企画に、シンデレラの靴というのがあったんです。毎週いち押しの靴の片方をディスプレイするというものでした。そこで光本専務が、あ、それがアイディアマンの名前なんですが、光本専務はある方法を使ってプロポーズしたんですよ」

「プロポーズ？」

「シンデレラの靴というのは、いかにもという気がします」

麗子に続き、ゆいかも応じる。

「ええ。王子が、あのとき踊った女性をぜひ妃にと、残された靴の持ち主を探すわけですからね。光本専務、社内結婚なんですよ。お相手の女性は小柄で、足のサイズも一番小さくて、ディスプレイしていたのはそのサイズ」

「でもデパートで売られている商品なら、いくら小さくても、合う人はいますよね」

麗子が疑問を呈する。

「もちろん。そこでひと工夫。ディスプレイには一緒に花を飾ったんです。造花ですが。最初がピンクのカーネーション、次に桔梗、赤いバーベナ、タンポポ、クロユリ、と」

「季節がバラバラじゃないですか」

「なるほど。ロマンチックな人なんですね。でもそのヒントで、お相手は気づけたんですか？」

ゆいかがにっこりと笑う。

「ダメだったようです。だからあからさまに、梅、エリカ、ダリアと」

はい、とゆいかが手をあげた。

「続き、当ててもいいですか？」

「もちろん。正解、わかったようですね」

三門が満面の笑みを浮かべる。

「はい。続きはマーガレット、コスモス」

「正解、と言いたいけど惜しい。コスモスではなくコデマリ」

「なにを言ってるのかわからないんだけど」

若槻はにやにやしているので、答えを知っているのだろう。わからないのは麗子だけのようだ。

「人の名前」

ゆいかが告げると、三門と若槻が、正解です、とうなずいた。

「ウエダマコさん。光本専務のお相手はそんなお名前で、そのマコさんに向けて、探し求めるシンデレラはあなただよとメッセージを送ったんでしょう。六十歳くらいの方が若いころだったら、コスモスのほうがメジャーだと思ったんだけど、残念です」

ゆいかは本気で悔しがっている。

「最初の五つ、カーネーションからはじまるのって、なに？」

麗子は訊ねた。

「花言葉。複数の意味を持つ花もあるけど、ピンクのカーネーションは、美しいしぐさ。続けて、永遠の愛、団結、真心の愛、恋。頭の文字を順につなぐと、ウ、エ、ダ、マ、コ」

「いいですねえ。さすがだ。すぐわかりましたか？」

三門は持ち上げ上手だ。

「色がつけ足されていたので、花言葉だと思いました。同じ花でも、色によって花言葉が違いますから」

「そういや、バラは愛に関する花言葉が多いけど、黄色だと嫉妬、だね」

麗子がつぶやく。嫉妬も愛のひとつの形だが、それを割り当てられた黄色のバラにとってはいい迷惑だ。

「天野さんがお相手だったら、最初の五週間で気づいたでしょうね。ほかの人にも感づかれなかった。でも真子さんは気づかなかったので、光本専務もわかりやすいサインを出すしかなくて、周りにバレバレ。上司には公私混同だと怒られたそうです。そうは言っても祝福を受けたそうですが」

「素敵なエピソードですね」

麗子はあいづちを打つ。

「だから光本専務、婦人靴の売り場には特別な思い入れがあって、何度も足を運んでくれるんですよ。私も励ましやアドバイスをいただいて、ラッキーだったなと思いました」

「ところでSNSといえば――」

とゆいかがまた言いだす。

どうやって方向転換しよう、と麗子は頭を巡らせる。趣味の話？　仕事の話？　三門と若槻は続きを待つかのように、ゆいかのほうを向いている。

「あ、あのっ」

次の言葉が麗子から出てこない。と、そこに背後から声がかかった。

「お待たせいたしました。アスパラガスのサラダとトルティージャです」

ナイスアシスト。給仕係のお兄さんに感謝だ。


ホワイトアスパラガスが長いまま茹でられていた。ガラスの皿の上でまっすぐに横たわり、ニンニク入りのアイオリソースが添えられている。ちぎったディルが散らされて、白にほのかな緑と、見た目にも美しい。

トルティージャは、スパニッシュオムレツとも呼ばれる。具入りの厚焼きオムレツで、放射状に切られて色とりどりの断面を見せていた。こちらも華やかだ。

「ゆいかの好きな緑黄色野菜だよ。ニンジンにほうれん草、それからじゃがいもにタマネギ、ベーコンも入ってるみたい」

麗子は食材の話題に持っていこうと盛りあげる。

「おー、このホワイトアスパラガス、美味いな」

若槻が目を丸くしている。それはぜひ、と麗子もナイフで小さく切って、なにもつけずに口に運ぶ。ソースを味わうのはあとにしよう。

「本当だ、甘い。穂先がしっかりと締まってるし、ジューシー」

「どこの食材だろう。うちの生鮮に入れられないか、訊(き)いてみようかな」

若槻が楽しそうだ。

いまさら若槻とどうこうなりたいとは思わない麗子だが、正直、株は上がっていた。高校時代にはなかった明るさも垢抜けしたようすも、仕事が充実しているからだろう。

狙いは三門のほうだ。穏やかで気が利き、話も面白い。ただ、接客業が身に沁みこんでいるというか、こちらをいい気分にさせるのが上手く、本音がわからない。

「あの、三門さんはどうして越善屋さんに就職しようと思ったんですか?」

麗子の問いに、先に応えたのは若槻だ。

「僕には訊かないの?」

「そういうわけじゃないけど、若槻のことは高校時代から知ってるじゃん」

「僕も高校時代から阿久津のことは知ってる。部活が同じだったから。根性と度胸があって、容赦のないところがある」

「容赦がないんですか、阿久津さんって」

驚いたように三門が問う。

「違いますっ。つい一生懸命になっちゃうっていうか、なにごとにも手を抜きたくないだけ」

言い訳する麗子を横目に、ゆいかがトルティージャを口に運びながら静かに笑っていた。

「そういうことにしとこう。僕、部活の女子連中は怖かったけど、テニスは好きだったから大学でもサークルに入ってて、先輩に呼ばれてお歳暮時期にデパートでバイトすることになったんだ。死ぬほど忙しかったけど充実感があって、なんかいいなあって。だって怒りながら買い物する人って、いないだろ。もちろんゼロじゃないけど、なにかを購入するって、楽しいことだから」

なーんて、と若槻が両手を広げた。

いい話に紛らせたようだけど、さっき、怖い、って言ったな。と問い詰めたいが、この場ではできない麗子だ。

「これは阿久津へじゃなく、天野さんへのアピールね」

若槻はゆいか狙いってことでいいわけね、と麗子は納得する。たしかにいまさら麗子との合コンに応じるなんて、連れてくる友人目当てとしか考えられない。

ゆいかがフォークを置く。

「マスクや消毒薬が買えなくて怒ってる人、いますけど」

「今はね。でも実際に買えたらほっとして、笑顔になれるだろ」

なだめるような若槻の口調。こいつ、ゆいかを見くびっているな。今はまだ、ゆいかはおとなしくて素直そうな印象を与えている。ゆいかが反撃に転じたらどんなふうになるか、ちょっと見てみたい。でも三門がどういう人か把握するまでは、友好的な雰囲気を保ちたい。

「それで、三門さんは？」

改めて麗子は訊ねる。

「なんかいいなあ、は私も同感なんだ。実は私、親が離婚して母方に引き取られたんですよ。仕事を持ってたから生活には困らなかったけど、忙しいので食事は適当でした。でもお給料日は豪華に、デパ地下の美味しくて見た目もきれいなデリカを買ってきてくれて。こんなすごいもの、どんなところで売ってるのかな、と感じたのがデパートとの最初の出会いですね。あとは節目節目で、きちんとしたものを誂える時にはデパートでした」

「ハレとケを区別なさってたんですね」

ゆいかが言う。

「そうですね。デパートはハレの日のものという印象が強い。贈り物にはデパートの包装紙がかかっていないと、という人も多いから」

「わかります。うちの社でも得意客へのお土産はそうしてます」

麗子は盛りあげる。

よし、いい感じだ。仕事の話から次は、お勧めの贈答品の話に持っていこう。

「老舗ですものね。創業は江戸時代……呉服屋さんからはじまったんでしたっけ」

ゆいかが小首をかしげながら確かめる。若槻がうなずいた。

そうそう、老舗のお菓子もたくさん入っているから、と口を開こうとした麗子より先に、ゆいかが続ける。

「おふたりがお勧めになっている本店も立派な建物で、たしか昭和初期のものですよね」

「ああ、天野さんたち、建築関係の会社でしたね。石膏彫刻や和洋折衷のデザインなど、見所がたくさんあるんですよ」

「公式 Instagram を拝見しました。三階エレベーターそばの柱に、アンモナイトの化石が入っているんですね」

しまった――っ。

そっちから来たか、ゆいか。これは話に花が咲きかねない。三門が教えたがりの表情になっている。

「あの柱、私が今いる婦人靴売り場のすぐ目の前ですよ。イタリア産の大理石なんです。サンゴにウミユリ、貝類、ほかにも当時の生物たち、炭酸カルシウムを主成分とするそれらの殻が堆積してできた石灰岩が、地下でマグマなどの熱変化作用を受けて再結晶したものが大理石です。だから天然の大理石には、まるごとの殻、つまり化石がけっこう残っているんです」

「イタリア産だったんですか。じゃあこの書きこみ、イタリアの人だったりします?」

ゆいかがすかさずスマホを出す。

若槻と三門がInstagramの写真を映した液晶画面をちらりと見ただけで、ああ、と苦笑した。

「もう、ゆいかったら。そんなのただの悪戯でしょ」

麗子が明るい声を出すが、若槻も三門も、自分のスマホを出して同じ写真をたしかめている。

アンモナイトの化石の写真の右にコメント、その下に並ぶハッシュタグ、写真を見た人からの各種反応。返信の最後の最後にある「これは我々が持っていたものです。取り戻しにいきます」という書きこみは、今もしっかり残っている。Instagramの写真の投稿日には日付が載り、返信の部分は何日前、何時間前、という表示がされていた。写真そのものは一週間前のもので、どこどこにも化石がありますよ、などといった書きこみは、写真が載ったすぐあとだ。が、問題の書きこみは、今から二十時間前だった。

「これねえ。……実はインスタだけじゃないんですよ」

三門が肩を落とす。

「僕らが気づいたのは昨日の終業後なんだけど、公式のTwitterに『これは我々が持っていたものです。取り戻しにいきます』という書きこみがされてるんだ。@以下が、同じbestsadutというアカウントなので、同一人物だと思う。対応策は広報のほうで検討中と、注意喚起のメールがきてた」

若槻が言う。ゆいかがおうむ返しに問う。

「注意喚起とは」

「下手に触らないこと、ぐらいですね。私たちはこういうのに関しては素人なので、広報の方針に従うのみ。お客様から訊ねられたら、よくわからないです、と答えるしかありません」

「義憤に駆られて個人のアカウントで反論してはいけない、ってことらしいよ」

三門、若槻と答えた。

「……悪戯、じゃないの？」

麗子は眉をひそめた。三門が困ったように笑う。

「たぶん悪戯でしょうね。でも企業としては無視できません。たまにあるじゃないですか、大学などに対して爆破予告が送られることが。悪戯なのか、学生の不満の現われなのかわからないけれど、念のため予告日には休校しますよね。それと同じで、しばし様子見ということです」

「Twitterのほう、何人かが面白がってRT——拡散してるんで、それが増えるとヤバいんだよね。広報の連中はまだ手をこまねいてるのかな。たぶん、相手にメッセージなりリプライなり送ってると思うんだけど」

「このbestsadutというアカウントのことは調べないんですか?」

ゆいかが訊ねた。

「調べてはいるはずですよ。ただ、インスタもTwitterも、捨てアカというんですかね、登録されたのは一週間ほどまえで、ほかに投稿がないので手掛かりがつかめないんでしょう」

液晶画面を見つめる三門を、ゆいかがじっと見ている。

三門さんも若槻も笑い飛ばしてくれると思ったのに、すっかりまじめな顔しちゃってさ。と、麗子はむくれながらトルティージャの最後の一切れを口に運ぶ。卵と野菜の分量バランス、しっとりした後味、料理が美味しいのが今の救いだ。

海老のにおいがほんわりと漂って、麗子待望のパエリアが運ばれてきたことがわかった。

有頭の海老に殻つきのアサリ、ムール貝、リングになっているのはイカだろう。くたっとなったピーマンに、肉厚なのでまだしっかりしている赤のパプリカ、米はオレンジ色に染まり、湯気のなかでつやめいている。

パエリア鍋を運んできた給仕係の男性が、サーブするのでお待ちください、と声をかけてくる。

「おこげできてるかな、楽しみ」

早く食べたい気持ちを隠そうともしない麗子だ。

「屋外だから冷めるかなあ」

そう言った若槻に、でも、と麗子は反論する。

「公園で二メートルぐらいある巨大な鍋でパエリアを作ってるようす、テレビで見るじゃない。屋外で作るってよくあるんじゃない？」

「あれは人の目を惹くよな。うまいこととして客引きできないかな」

百貨店の前でやるつもりだろうか、若槻が考えこんでいる。

給仕係が次に運んできたのは大きめサイズのカスエラだった。アヒージョを作るときに用いる陶製の耐熱容器だ。今回はアヒージョは頼んでいないが、そのカスエラにパエリアを取り分けている。木製の敷物に置いて出してくれた。

「まだ容器が熱いので、お気をつけください」

「嬉しい。カスエラも温めてくださったんですね」

給仕係が、満足そうな笑顔で会釈する。

「これぞおもてなし、だね。見習わないと」

三門もしみじみとしたようすで男性の手際を眺めている。

くし形に切ったレモンが添えられていた。麗子は早速と、レモンを絞る。爽やかな香りが舞った。

「しまった、目に飛んだ」

同じことをしていた若槻が顔をしかめ、三門がくすりと笑う。

麗子はスプーンでまずはと米をすくう。アサリの旨みが口いっぱいに広がった。トマトの酸味、海老の香ばしさも続く。それぞれの具材のエキスが、米のなかにしっかり閉じこめられていた。舌先に当たるぱりっとした食感に、おこげも無事にできているとわかる。

「あー、最高。注文してよかった」

「本当にどれも美味しいですね。お店を見つけてくれた阿久津さんに感謝です。ありがとう」

三門が幸せそうな表情をして、麗子を見つめてくる。気恥ずかしくなった麗子は、ゆいかに声をかけた。

「ほらゆいか、ゆいかも早く食べなよ」

ゆいかはというと海老の頭を取りながらも、手が止まっている。

「うん。……あ、たしかにいい味」

海老を半分、米をひとくち。ゆいかは咀嚼（そしゃく）しながらも遠いところにいるようだった。

「蟹鍋をつつくときは無口になると言うけれど、これもですね。殻がついているとつい、食べるほうに集中してしまう。よくわかりますよ」

三門がフォローをしていたが、ゆいかが黙っているのは、食べることに夢中になっているからじゃない。頭のなかで、さっきの書きこみについて考えているのだ。麗子にはよくわかっている。

「bestsadut って、イタリア語ではなさそう。でも英語としても変ですよね」

案の定、ゆいかはぼそりと言う。

「たしかにひとつの単語ではないし、アンダーバーやハイフンもはさんでいないから文章とも取れないし」

若槻が応じる。

って、応じちゃだめでしょう、と麗子はもどかしい。

「昨日その書きこみのことを知らされて、売り場の仲間と話したんだ。切るなら、best sad ut かなって。でも単語を並べて無理やり作った文章にしかならないでしょ」

三門も乗ってしまった。ううん、自分たちが勤める店が攻撃されているのだ。気にならないはずはないか、と麗子は心のなかでため息をつく。

「sad に best はつけないですよね」

「最高に……つまり、もっとも悲しい、と言いたいなら best じゃなくて most……いや、sad を最上級にして、saddest だろうし」

若槻と三門が顔を見合わせて話している。

「やっぱり悪戯ですよ、悪戯。中学生が知っている単語だけで文章を作ろうとしたんじゃないですか?」

話を打ちきれないかと、麗子は抵抗してみる。

「中学生がデパートのインスタをチェックするとは思えないんだよね。これも、昨日話してたことなんだけど。越善屋のインスタのフォロワーの下限は大学生か、せいぜい高校生らしいんですよ」

三門が苦笑する。

「化石ファンが、ハッシュタグから見つけたのかもしれませんよ。中学生、ううん、小学生でも、マニアって大人顔負けの知識や行動力があるじゃないですか」

Instagramにつける文章は、写真の内容を平たく説明するよりも、ハッシュタグのほうが多い傾向にある。タグについている言葉で検索をかけて同じテーマの写真や動画を愉(たの)しむのだ。タグの内容に興味を持つ人にも見つけてもらいやすい。小学生は年齢制限にひっかかるのではと思いながらも、麗子は悪戯だという結論に急ぐ。

「ut も意味不明だよな。そんな単語あったっけ。it の間違い?」

若槻が言う。it だとしたら、もっとも悲しいソレ、とでもしたかったのだろうか、と麗子は首をひねる。

「略語だったらいろいろありそうです。ちなみに世界時も UT です」

ゆいかが答えた。麗子は瞬時に問う。

「なにそれ」

「universal time といって、太陽の南中時刻を基礎にした時間のシステム。太陽が真上にくるのが正午でしょ。でも経度によって違ってくるよね。だから基準となる場所を決めて、そこからプラスまたはマイナスでどのくらいという世界共通の時刻系を作る。それが世界時。基準はグリニッジ天文台で、日本は九時間進んでるから、世界時に＋0900 ってわけ」

ゆいかがまじめに説明していると、突然、若槻が笑いだした。

「最高に悲しい世界時、もっとも悲しいとき、か。ねえねえ、覚えてる？　悲しいときー、ってネタのコントが昔あったよね」

「アンモナイトは悲しいかもしれないね。石のなかに閉じこめられて、ずっと人目に晒（さら）されているんだ。いや、永遠のときを生きることになるから、悲しくはないのかな」

三門がしみじみと言う。この人もけっこうなロマンティストだ。

「アンモナイト、生きてませんよ。死んでますから」

麗子がつっこんで、大きな笑いが起きた。ゆいか以外に。

ゆいかはパエリアを口に運びながらも、うわの空だ。スプーンから米が落ちた。

「もー、ゆいか。子供みたい」

「ごめんなさい。でも気になって。おふたりも気になるでしょう？」

ゆいかが若槻、三門の順に、視線を向ける。

「そりゃ、これを書きこんだ人間の狙いがわかればいいと思うよ」

「私も同感です。けれど考えてわかるものでしょうか。悪戯、嫌がらせ、そういうことをする人って、間の思考がぽんと飛んでますよね。簡単には推し量れない」

「今まで、こういった書きこみはあったんですか？」

ゆいかの問いに、ふたりはまた顔を見合わせる。

「聞いたことないですね。我々は休みがまちまちだし、勤務時間内は基本、お客様と接しているので、周知に漏れがでないように、情報共有をマメにしています。特にクレーム関係は、メールや社内掲示でしっかりチェックします」

考えながら、三門が慎重に答える。

「接客が悪い、希望の商品がないというクレームは見るけれど、小ネタに関するつっこみは聞いたことがない。くだらない情報だ、なんて文句ならまだわかるけど、『これは我々が持っていたものです。取り戻しにいきます』だなんて」

若槻が首をひねる。

「そのままのストレートな意味ではないでしょうか。持ち主は自分だ、それを取り戻す、と」

ゆいかが物騒なことを言う。

「持ち主といっても、百年近く前に切りだされた大理石ですからね。当時の契約は知らないけれど、違法な取引があったとは思えない。取り戻す、のほうも、関係者はもうお亡くなりになっているでしょうし」

「それに柱だよ。持っていけやしないって」

三門、若槻と順に答える。

アンモナイトの部分だけ切り出す、っていうのも変だし、と麗子も思う。ある朝、出勤したら柱にぽっかり穴が空いている、なんてね。どんな泥棒なんだ、と想像すると楽しい。

いやいやいや、楽しんじゃダメ。あたしまで巻きこまれてどうする。

「実行不可能ですよー。結論として、実際にそんな犯罪は起きない、ということでいいんじゃ」

麗子がまとめようとする。

「ええ。そんな遠い過去から言いがかりをつけられる筋合いはないですよ。でもストレートな意味ではなく、なにか別のことを示唆しているのかもしれないので、ちょっと怖いんですよね。柱の目の前には私のいる婦人靴売り場、反対側には鞄類の売り場。財布などの小さなものなら、盗むのも容易そうですし」

三門が眉根を寄せる。

「これ以上考えてもわからないんじゃないですか？　アンモナイトみたいに、頭のなかがぐるぐる、ってなっちゃいそう」

麗子は再度まとめにはいろうとした。続けて提案する。

「それよりデザートはどうしますか？　量がわからないから、あとでってことになりましたよね」

三門は首を横に振る。

「私はコーヒーだけでもいいかな。けっこう食べましたよね。どれも美味しかったです」

「僕も飲み物だけで」

若槻が同意する。

そんなのつまらない。最後は甘いもので締めないと。と、麗子はゆいかを誘う。

「ゆいかは？」

「やっぱりひっかかる。uttがどこか中途半端だし。だとすると……」

まだ言ってるよ、と麗子は、一冊だけ取っておいたメニューブックを広げて見せる。

「糖分は脳の栄養だって言うよ。甘いものを食べたら頭も働くんじゃない？　謎も解けるかもしれない。ほら、見て見て」

そうだねえ、とゆいかは生返事だ。宙を見つめたまま、考えこんでいる。

「これなんかどうかな。ポルボローネ。ケーキだと重いけど、クッキーみたいなものだから飲み物のお供にちょうどいいよ。うーん迷うなー、プレーンでしょココアでしょ、テイスト違いで何種類もある」

「テイスト？」

ゆいかが麗子を見てきた。

「え？　なに？」

「ああ……、そういうことか」

ゆいかの口元がゆっくりとほころびていき、やがてにやりと笑った。

「……まさかとは思うけど、ゆいか」

うん、とゆいかがうなずく。

「すべての構図が、見えました」

デザートはポルボローネに決めた。アーモンドパウダーと小麦粉からできた軽いくちどけの焼き菓子だ。プレーンタイプに加え、メイプルシロップ入りとオレンジパウダー入りの三種類を頼む。余ったら包んでくれるというのでちょうどいいだろう。

「それで、なにが見えたんですか？」

若槻がココアを飲みながら訊ねる。飲み物だけでいいなんて言いながら、それはほぼデザートじゃないかと麗子は呆れていた。

若槻さん、とゆいかが呼びかける。

「若槻さんは年明けに札幌店から転勤していらした。そして三門さんは、昨夏に大阪店からいらっしゃったんですよね」

「そうだけど、いきなりどうしたんですか？」

三門がうなずきながらも問う。

「越善屋さんは異動の多い職場ですか？　お客様相手のお仕事ですから、じっくりとしたおつきあい、信頼と経験を積み重ねる必要があるように思いますが」

「ええ。まさにそのとおりです。そんなに頻繁に変わることはありませんよ」

「三門先輩と僕の異動時期が近かったのはたまたまなんだ。たしか本店ではほかに異動はなかったんじゃないかな。産休や育休、逆にそれらからの復帰はあったけれどね」

ゆいかが満足そうにほほえむ。コーヒーをひとくち飲んだ。

「ゆいか、それ、アンモナイトに関係ある？」

麗子は質問し、ポルボローネをひとくちほおばった。軽く嚙むとほろりとほどける。アーモンドパウダーの香りも心地よい。喉に残る甘さは紅茶でやわらげ、重なりあった味を楽しむ。優雅な気分だ。

「おおいにある。三門さん、若槻さん、ここだけの内緒の話、訊ねていいですか？」

ゆいかが人さし指を立て、口元に当てた。

「……はい」

と戸惑ったように、ふたりが答える。

「越善屋さんの本店、移転か建て替えをするんじゃないですか？」

なにそれ？ と麗子がゆいかを見て、続けて若槻と三門に目をやった。若槻は目を瞠り、口をぽかんと開けている。三門は反対に口をきゅっと引き結び、ゆいかを見据えている。

「あのー、それはー」

若槻がようやくといったふうに、声を出す。三門が若槻を見てほんのわずかに首を横に振り、それ以上の話を止めている。

「誰にも言いませんから教えてください。麗子さんも言わないよね」

うんうんうん、と麗子が何度も首を縦にする。

三門が小さなため息を漏らした。

「どうしてそう思われたんですか」

へえ、正解なんだ。

「若槻さんが、今のうちに先輩からおおいに教わりたいと思っている、とおっしゃっていたので、この先一緒のお店にいる期間は短いんじゃないかと思いました。ただ、おふたりとも本店に異動されたばかりとのこと。三門さんはシューフィッターの資格を取るために今の売り場にしばらくいたいと希望されているし、若槻さんも自分の企画やアイディアを推し進めたいようすだし、別の要因があるのではないかと考えたんです」

若槻の手が、自身の口元をがっつりと押さえていた。たしかにおおいに教わりたいとか言っていたと、麗子も思いだす。

「本店の築年数が百年近いというのも気になりました。耐震改修促進法でリニューアルはなさっているでしょうが、どこかで限界はくるでしょう。とはいえ、一番の理由は、アンモナイトの化石を取り戻すという書きこみだけど」

　だからそれ、どう結びつくの？　と再度問いたい麗子だったが、三門が先に口を開いた。

「建て替えの話は以前から、役員会で話が浮上しては消え、だったようです。我々社員が聞いたのは昨日の朝で、アルバイトや派遣社員にはまだ下りていません。明日、ニュースリリースを出すそうなので、彼らや取引先が知るのはそのタイミングになるでしょう」

「関係者以外が知るのと情報解禁の間にタイムラグがないほうがいい、ということですね」

「ええ。歴史ある建物として日本橋髙島屋さんのように重要文化財として指定されていればなんとかなったかもしれませんが、おっしゃるとおり限界があります。今の本店がなくなるのは寂しいのですが」

　三門が残念そうな表情になる。若槻は一転、明るい表情で身を乗りだす。

「でも新しいビルはビルでいろいろ良いんですよ。僕の口からは言えないので、詳しい話は報道を待ってもらうしかないけど。それにすぐ閉めるわけじゃない。一年とか一年半とか、じゅうぶん時間を取っての話です」

「きっと最新の工法を使ったピカピカのビルになるんでしょうね。そうすると、今ある設備は壊されてしまう。アンモナイトの化石入りの大理石の柱もなくなってしまうのでは」

ゆいかの言葉に、三門が驚いたように顔を上げた。

「その話は出てなかったから、わからないですね。大理石は床材にするぐらいなのでじょうぶなんですが、でも酸には弱いし、今も細かな傷はついているんですよ。そうかあ、一新させる可能性はありますねえ」

「そこで、bestsadut の書きこみです」

ゆいかが口元に当てたのと同じ指を、空へと向ける。

「え？　bestsadut？」

三門が眉をひそめる。

「はい。bestsadut というアカウント名はアナグラムです」

「アナグラム？」

「たしか、単語や文字を入れ替えて、別の意味を作るとかいうものですよね」

若槻はきょとんとしていたが、三門はアナグラムの意味を知っていたようだ。

「はい。best sad ut と、無理に作ったようになっているのは、アナグラムにしたせいです。使われた九つのアルファベットを入れ替えると taste buds になります」

ゆいかが、単語を区切りながらゆっくりと言った。

「taste buds ってなに？　さっき、これのテイスト違いの話をしてたよね？　同じ意味？　味のこと？」

麗子はポルボローネを指さしながら質問した。ついでにと、そのままオレンジティストをぱくり。こちらも爽やかな甘さで美味しい。

「bud は芽で、buds はその複数形。taste buds は味蕾（みらい）のことです」

「舌にある味蕾？　食べ物の味を感じる器官ですよね」

ゆいかの返答に、三門が確認する。

「はい。ちなみに舌だけでなく、軟口蓋（なんこうがい）にもあるそうですが」

若槻が首をゆらゆら揺らして、空を見上げた。

「もっとも悲しいとき、も意味がわからなかったけど、味蕾もさらにわからない」

「過去の持ち主がアンモナイトの化石を取り戻しにくる、ならまだしも、味覚の器官がアンモナイトの化石を取り戻したい？　意味が通りませんよ」

三門も困惑している。

アンモナイトって美味しいんだろうか。ぐるぐるの形からみてサザエみたいな味？

足がうにょうにょしてるからタコやイカに近い？　麗子はというとそんなことを考えている。

「過去じゃなくて未来です。味蕾は未来の同音異義語、言い換えたんですよ」

「未来がアンモナイトの化石を取り戻したいの？　なにそのSF映画みたいな話」

「麗子さん、未来から見ると現在は過去だよね。そう考えて『これは我々が持っていたものです。取り戻しにいきます』という文章を読むと、これは越善屋が持っていたものなので壊されないよう取り戻す、という意味になる」

ゆいかの言葉に、若槻と三門が虚を突かれたような顔になる。

「てことは、bestsadut はうちの関係者？」

「昨日の朝発表されて、書きこみが今から二十時間前、ということは昨日の夕方。本店の建て替えを知っているのは越善屋の社員だけだから、それは、そうなるねえ」

三門が深くため息をつく。ぱん、と若槻がテーブルを叩いた。

「てか、ふざけんなだよ」

「ふざけたわけではないのでは」

ゆいかがポルボローネを手に取り、ひとくちかじる。

「bestsadut は、アンモナイトの化石を残すために、なにか手を打ちたかった。SNS

に書きこめば世間の注目を集めることができるかもしれない、そう考えたのではないでしょうか」

「だからってさあ。誰だよこいつ」

若槻が不機嫌そうなようすでココアをぐいっと飲み、むせていた。

三門がじっとコーヒーカップを見つめている。なかはもうカラだ。

「コーヒーのおかわりをもらいましょうか？　三門さん」

麗子は気遣う。

「ああ、いえ、ちょっと考えていただけです」

「bestsadutの心当たりがあるんですね？」

ゆいかが訊ねる。

「まさかと思うだけで……」

三門が苦笑する。

「その方で正解なんだと思います」

「なんでゆいかが犯人までわかるのよ。越善屋の人を全員知ってるわけじゃないでしょ」

ゆいかがゆっくりとうなずく。

「bestsadut というアカウントが登録されたのは一週間ほどまえ、って話だったから。一般の社員が建て替えを知る以前のこととなれば、知ることのできる立場の人は限られます。さらに、アンモナイトの化石が入った柱は、婦人靴売り場の目の前にあるとのこと。プロポーズを決めた、思い出の場所に」

名前、なんだっけ、と麗子は考える。

ウエダマコ、いや、それは妻の名前だ。花の名前を使ってプロポーズされたほうだ。したほうはたしか――

「光本専務、あの人ならそのアナグラムも思いつきそうです。ふざけてはいないにせよ、茶目っ気がある人だし」

三門の言葉に、えー、と若槻が声を上げる。

「そんなあ。僕、光本専務のこと尊敬してるのに」

「私だってそうだよ。それだけに正攻法で訴えてほしかった。こんなことがバレたら、専務でも職を失うんじゃないか」

三門の肩がすっかり落ちている。

「建て替えが決まるまで、きっと紆余曲折があったのでしょう。正面から抵抗して、それでも変わらないとなって、世間を騒がせる選択をしたんじゃないでしょうか」

ゆいかが言う。

「騒ぐというほどのRT数ではないですよ。一部の暇な人が面白がっているだけだ」

「越善屋本店の建て替えが発表になれば、公式インスタやTwitterを見にくる人が増えます。そこで多くの目に触れさせるのが目的でしょう。まだ仕込みの段階なんですよ。明日が公表日ということであれば、炎上するとしたら明日」

「……止めないと」

「本人は覚悟を持って行動に移したんじゃないでしょうか。それこそ、仕事を失ってでもと」

ゆいかの言葉に、三門が考えこむ。いや、と顔を上げた。

「なくなってほしくないというのはわかるけど、やっぱりいけない」

「説得しますか？　納得しますかね」

ゆいかはまるで煽るようだ。

「建て替えはもう決まったことだから変えられません。だけどアンモナイトの化石が入った柱は、残そうと思えば残せるはずです。そこだけ切り出せばいい。だからこそ、世間の注目を集めようとした、ってことですよね。保存運動かなにかにつなげるために。アンモナイトの化石のほかにも、石膏彫刻やステンドグラスなど、越善屋の歴史を語るものがたくさんあります。……炎上なんて必要ない。私たちの力で保存を働きかけます。そうすれば、光本専務も納得するはずだ。納得させます」

三門が拳を握り、正面を見据えた。

やだ、かっこいい。

仕事の話もいいけれど、理想を語るようすって、なんて魅力的なんだろう。麗子のなかで、三門が輝いて見えた。

「がんばってください、三門さん」

そう言った麗子を、ゆいかがちらりと見てから笑顔になる。

「アンモナイトの化石、残るといいですね。石膏彫刻やステンドグラスも」

三門が大きくうなずいた。

「はい。期待していてください。その後の展開をお伝えします。そういえば天野さんの連絡先を聞いていなかった。阿久津さんもです。DMを送りますので――」

「わたしは結論だけわかればいいので、若槻さん経由でも――」

なに言ってるのよ、ゆいか。

麗子は勢いこんだ。

「いえ、光本専務を説得なさるという三門さんから直接、教えてください」

☆

——続報、求む。

ゆいかからのメッセージを受け取った麗子は、ため息をついた。

続報っていってもなあ、とスマホの液晶画面に指先を当ててはまた離し、なんて書けばいいんだろう、と悩む。

——越善屋さん、本店建て替えのニュースが出てないよね。テレビや新聞ももちろん、ネットニュースにもなってない。

二通目が来て、やっぱり直接話さないと伝わらないと、トイレ休憩に誘う。十分後、と時間を決めて集い、鏡の前に並ぶ。ゆいかの顔を見てまたため息をついた。

「どうかしたの？」

「聞いてくれる？　っていうか話したかったの」

「だったら早くメッセージをくれればいいのに」

「直接がいいの。うまく言葉にならない。そうだ、帰りにご飯食べにいかない？　ゆっくり話がしたい」

「……複数人での外食はなるべく控えるようにという通達が、人事から出る予定」

ゆいかが小声で言う。マスク越しなので聞き取りづらかったが、たしかにそう言った。

「まじかー。そこまできてるとは」

「状況は予想の先を行くね。越善屋さんも、建て替えの計画、いったん見直しなんじゃない？」

さすがゆいか、鋭い。でも、ゆいかじゃなくてもわかるか。デパートも飲食店も、ほかのいろんなお店も客が減ってるって話を聞くし。いま人が集まっているのは、ドラッグストアぐらいだろうか。

「越善屋さん、発表の直前になってストップをかけたらしいよ。先が見通せるようになってから、改めて発表するって」

「アンモナイトのその後が気になる。例の bestsadut ってアカウントの書きこみが消えていたから、説得に応じたんだろうと思うけど」

「うん。三門さんがアナグラムの話をしたら、光本専務もあっさり認めたって。よくわかったなって褒められたそうだよ。褒めてる場合か、だよね」

「処分は受けたの？」

「厳重注意。このさきの役職に影響する可能性はあるよね。アンモナイトの化石は、ほかにも社内で残したいものの意見を募って、有志で寄付を集めはじめたところ。瓦礫（がれき）にするのはもったいないって声も複数上がったそうだよ」

「よかったじゃない」

満足そうに、ゆいかが目を細める。

「まだ寄付を募ってる段階だからどうなるかわからないけどね。それより聞いてよ。あー、許せないっ。三門さん、いや三門のヤツ、ひどいんだから」

麗子の剣幕に、ゆいかが身を引く。

「あの人、ぐいぐい押してきたし、持ち上げ方が妙にうまいでしょ。あたし、本音が見えないからどうかなと思ってたけど、光本専務を説得するんだー、って熱く語るようすがかっこいいなって、ちょっと惹かれてたわけ」

「そう思った」

「なのに来るメッセージ、来るメッセージ、すべて商品の案内！　ＤＭはＤＭでも、ダイレクトメッセージじゃなく、ダイレクトメール。宣伝。足を計測してぴったりの靴を作りましょう。阿久津さんにはこれが似合いますよ、色違いでこちらもどうですか？　いいかげんにしてっ」

くくっ、とマスクの下でゆいかの笑い声がする。

「カノジョじゃなくて、顧客がほしかったってこと。あの人、ゆいかの連絡先もほしがってたもんね。それが本音だったわけよ。若槻に聞いたら、そういや以前、親が離婚してるから結婚に希望が持てないという理由で恋人と別れたって噂があったな、だって。若槻も若槻だよ。そういや以前、じゃないって。ただの噂だと思ってたから、じゃないって。もう」

「売り上げが減って、大変だったんでしょうね」

「そっちに同情しないで」

鏡の向こう、肩まで揺らしてゆいかが笑っている。

「っていうか、ゆいか、察してた？　だから若槻経由で、って言った？」

「まあなんとなく、そんな感じが。この時期に知らない人と会おうとする理由もコミで」

「教えてよ！　止めてよ！」

「だって麗子さん、止める間もなかったじゃない」

たしかに、ゆいかの言葉を止めたのは自分のほうだ。それがわかっているだけに、麗子は悔しい。つい、ゆいかを睨んでしまう。

「ゆいかだって若槻に言われたんだからね。やっぱり阿久津の友達だ、怖い、頭のなかどうなってんだ、だって。失礼な」

「誉め言葉として受け取っておく」

「はー。また次行こう、次」

「次は、でもさっき言った通達が」

「なるべく、でしょ、なるべく。このまえみたいに換気に気をつけるからさあ。このままじゃ新しい出会いがないじゃん」

まだなにか言いたそうな目で、ゆいかが見てきた。また文句？　お小言？　と訊ねても答えてくれない。

その答えがわかったのは、翌日だった。

複数人での外食はなるべく控えるように、どころじゃない。大仏ホームも週明けからリモートワークに移行します、という通達が出た。

MENU 3

ずっとお家で暮らしてる

――パソコンの前に二十一時集合ね。スイーツとお酒を忘れずに。

阿久津麗子は、天野ゆいかにメッセージを送った。すかさず返事が戻ってくる。

――スタートが遅い。八時間の睡眠が取れなくなる。それからわたし、お酒は飲まない。

飲まない人は飲まなくていいんだってば。人事部ではオンライン飲み会をやったことがないのかと、麗子はスマホを見て肩をすくめる。

リモートワーク？　それいったいどうやるの？　と戸惑う間も与えられず、あちこちからかき集めたノートパソコンを渡され、お家（うち）で仕事をなさいと回れ右。たしかに伝票は電子決裁ができるようになった、けれど社印の要る書類は残ってる、郵送物もある。というわけで経理部は交代での出社となり、上司も部下もみな手探りのまま気づけば一ヵ月が経っていた。その綱渡りの先に緊急事態宣言なんて飛びだす始末で、春の嵐、嵐のような春だ。

誰が最初に持ってきた情報か麗子も覚えていないが、支給されたパソコンに入っているネット会議のシステムを使ってオンライン飲み会をしている部がある、と噂が回った。その噂自体もオンラインだ。会社の独自システムなら私用に使うのは問題かもしれないけど、借り物のシステムだからいいんじゃない？　なんなら個人でアカウントを取っても、となしくずしに話は進み、一度、親睦の会が開催された。規則にうるさい鶴谷部長も黙認だ。参加こそしなかったけれど、部員がストレスを溜めているのは感じていたのだろう。

——時間が遅いのは未知の都合。っていうか、平岡さんの都合。ふたりから相談があるってもちかけられて、オンラインで会おうとなったわけ。いいじゃない、明日は日曜だし。

——休日も平日と同じ起床時間を保つ生活のほうが健康にいい。でも、そういうことなら承知。面白い相談だといいな。

ゆいかの「面白い」は一般的な面白さではない。物騒な話ということだ。けれど営業統括本部にいる江上（えがみ）未知と、かつてランチ合コンをした予備校講師の平岡洋介（ようすけ）に、そんな物騒なことが起きるだろうか。結婚話が進んでいるとは聞いたけれど、まさか、別れる？

それでも気の置けない相手と話せる機会は貴重だ。経理部のオンライン飲み会も気晴らしにはなったものの、仕事の延長に似て、緊張もあった。雑談は、仕事の合間にはさむからこそ息抜きになる。

今年は花見もできなかったし、桜もひっそりと散っていくのだろう。

せめて買い出しのついでに近所の公園の桜でも眺めてこようか。買うものを先に決めておけば、外出している時間はたいして変わらない。人もそういないはず。心浮きたちながら、麗子はコンビニエンスストアのサイトをチェックした。

☆

「麗子先輩お久しぶりですー。天野先輩もお元気そうでなによりです。あー、なんかお顔を見ているだけでほっとする。癒されます」

ノートパソコンの液晶画面の向こう、カーテンを背景としてソファに座るトレーナー姿の未知が目尻を下げていた。わかりやすいほど「ほっとした」顔になっている。

ちなみに未知が麗子を名前のほうで呼ぶのは、高校からのつきあいだからだ。

「そんなにー？　照れるなあ。仕事忙しい？」

麗子が話を振ると、未知の姿がカメラに近づいたのか大きくなった。

「責め苦です。私の仕事、営業全体の取りまとめじゃないですか。でも客先によって直接来るなとか来いとかバラバラだし支社のある地域によって状況違うし朝令暮改はしょっちゅうだし、みんな困惑のなかにいて、そのストレス、こっちにぶつけてくるんですよ。言うのは簡単だけど現場は回らねーんだぞ、って。でも私、下っ端だから権限ないんですよ。ただの連絡係。私に言われたって困ります。辛いですよー」

未知は一気にまくしたてる。

「上司に伝えます、で逃げられないの？」

「逃げてます。でもボディブローって言うんですか、どんどん打たれて攻め込まれてううぅと効いてきて。辞めたくなります……」

画面越しに、未知の大きなため息が聞こえた。

「大変だね。ゆいかも忙しい？」

ゆいかの部屋も背景に映りこんでいた。本棚と扉が見えている。本棚の背表紙は遠く、麗子には読み取れないが、ゆいかのことだからミステリが詰まっているに違いない。ゆいかは、首元がすぼまって折り返しなしで立ちあがるボトルネックのニットを着ていた。麗子も綿素材のニットで首元はサブリナネック。オードリー・ヘップバーンの「麗しのサブリナ」から採られた名前で、直線に開いている形だ。麗子自身の姿も背後の壁ごと画面に映っている。

「今やってるのは新入社員の研修と来春卒業者の採用。どちらも可能な限りオンラインで、その対応に追われてる。こちらも朝令暮改は多い。採用に関しては不透明度が増しているから、未知さんにアドバイスするなら、辞めちゃダメ」

ゆいかが落ち着いた口調で語る。

そうだ、と麗子は薄ら寒くなった。経理に回ってくる伝票のようすを見ていても、お金の動きが鈍っていることがわかる。来春の採用は計画の見直しが迫られるだろう。あたしたちだって、どうなることか。

「そうですね。……がんばります」

未知は居ずまいを正した。ゆいかが苦笑する。

ところで、未知が突然立ちあがった。画面から消える。

ほどなく戻ってきたが画面を遠ざけている。カメラが横にずれて、後頭部と拝む手が現れた。ごつい手だ。

「すまねえ。遅くなり申した。許してくれろ、お代官さま」

平岡が帰宅したようだ。相変わらずふざけている。むしろエスカレートしていた。

「誰がお代官ですか。お久しぶりです、平岡さん。お仕事お忙しそうですね」

「ごぶさたしています。未知さんからご結婚のこと伺いました。おめでとうございます」

麗子が呆れた声を返し、ゆいかはそつなく挨拶をした。そうだったと麗子も、お祝いを口にする。

「や。どうもどうも。いろいろバタバタです。あー、喉が渇いた。これちょうだい」

未知が座る位置とパソコンとの距離を調整している間に、平岡が未知の飲んでいた缶を奪った。一気に飲み、しかし顔をしかめる。

「甘っ。酒かと思ったらジュースじゃないの」

「やーだ。私がお酒を飲んでるわけないじゃない」

ひとつの画面に仲良く並ぶふたりが、いちゃつくような言い争いをしている。

「そういや、ジュースで食事ができる人だった。画面の向こうのおふたりさんはなにを？　全然見えない」

カメラはノートパソコンの上部に位置していて、顔を映すよう上向けられているため手元が見えない。麗子はハイボールの缶とカップケーキを上げてみせた。

「お、麗子さん、飲める人だね。つまみは……、え？　お菓子？」

平岡が不思議そうに見てくる。

「ラズベリーの入ったチョコレートケーキです。ウィスキーとチョコレートは合いますよ。これはコンビニのコラボスイーツだけど、専門店のチョコレートもあります。緊急事態宣言でデパートまで閉まると聞いたとき、つい、買いだめしちゃった」

「え？　買いだめ？」

ゆいかが眉をひそめている。

「ダメ？　日用品じゃないから許してよ。言ってみれば精神安定剤だから」

「たしかにカカオは、古代の中米で薬として扱われていたね。ポリフェノールやテオブロミンが大脳を刺激したり、血流をよくしたりという効能はある。でも今のチョコレートは当時と違って、砂糖がたくさん入ってるんだよ」

「食べすぎないようにするって」

あはは、と平岡が笑った。

「ふたり、相変わらずだなー。天野さんのほうはお湯割り？」

未知の呼び方に倣っているのだろう、平岡も麗子を名前で、ゆいかを姓で呼ぶ。

「いえ、カモミールのハーブティです」

「それ、一度飲まされたことがある。あの薬臭いお茶だよな」

平岡がいかにもまずそうな顔になる。

「渋いと感じる人もいますね。でもリラックス効果があるんですよ。おともはフルーツゼリーです」

ゆいかが皿を持ちあげて画面に映した。少し崩れた半球のなかに、赤と緑、そしてオレンジの色がみっちりと詰まっている。断面を見せている苺と、ごろりとしたキウイが見えた。オレンジ色は柑橘類だろうかと、麗子は目を凝らす。

「ねえ、ゆいかの食べてるゼリーって――」

「おしゃれだね、ふたりとも。そういやふたりと会ったとき、おしゃれごはんで花見をしたよな。あんときみたいにスパッと解決してくれない？」

平岡と声が重なった。オンライン会議はこういうときに聴き取りづらくなる。平岡は意に介していないようで、だるそうに肩口を回した。鈍い音が鳴っている。

「結婚式をどうするかって話？　おふたりとご家族で話し合うほうがいいですよ」

麗子は答えた。三人が四人になったところで決まる話ではないし、決めても今後の感染状況次第、親や親戚への配慮も必要だろう。

「いや、解決してほしいのは今日の俺の残業の原因。ちょっと聞いてくれない？　オンラインの講義中に、ペンを盗まれたっていうんだよ。ある女子が、仮にA子って呼ぶことにするけど、そのA子がそれまで持っていたペンを、別の女子、B子に盗られたって。でもふたりとも画面の向こう、別々の場所にいるんだよ。ありえないだろー」

平岡がオーバーリアクションにも両手をあげる。その隣で未知が、困ったような横顔で平岡を見つめている。

そしてゆいかが、にやりと笑った。

着替えたいし腹も減ったからと、平岡がいったん席を立った。カサカサとなにかのこすれあう音が聞こえる。コンビニでごはんでも買ってきたのだろう。

ゆいかは謎を呼び寄せるようだ。話がはじまったら止まらないだろうから先にと、麗子は声が重なってしまった続きを口にする。

「ねえ、ゆいかが食べてるゼリー、中身がぎっしりだね。苺にキウイに、オレンジ色はなに？」

「缶詰の黄桃。オレンジを使いたかったけど、柑橘類は酸味のせいでゼラチンが固まりづらいでしょ。キウイも酵素の働きで固まりづらくなるからダブルは避けようと思って」

「自作？」

弁当だけでなくスイーツまで自作なんだ、と麗子は目を瞠（みは）る。

「簡単なものしか作らないよ。フルーツをたくさん入れたかったの。市販品はほぼジュースで、糖分が多いから」

「なるほどね、ゆいからしい考え方。フルーツふんだんゼリーって贅沢（ぜいたく）で美味（お い）しそう。ひとくち食べてみたいから、こっちに送ってよ」

「無理」

麗子はふざけただけだが、ゆいかはまじめに答えている。

「えー。でも平岡さんさっき、ペンがオンライン上を移動したって。やり方がわかったら送って」

「密室殺人と同じ。必ずトリックがある」

またおおげさな、と思いながら麗子は未知に話をふった。

「未知が食べてるのはなに？　マカロン？」

「トゥンカロンです。駅の近くで売ってたので」

未知が見せてくる。トゥンカロンは韓国発祥の分厚いマカロンで、生地の間にクリーム類がたっぷりはさまっている。今、未知がつまんでいる指と指の距離も遠い。マカロンも色とりどりだが、トゥンカロンは内側の色がよく見え、さらに複層をなすものもあってバリエーションが豊富で、SNS映えがするという理由もあって流行（はや）っている。

「トゥンカロンって、太ったマカロンって意味だよね。カロリー高そう」

「疲れてたんですー。これ、中がモカ味のクリームなんだけど、コーヒーの香りがすごく残ってます。美味しいですよー」

未知は、さっき見せてきたピンク色を基調としたトゥンカロンとは別のものを画面に出す。かじった部分が見えないよう裏側に向けたため指に邪魔されているが、こちらは生地が薄緑色で、中のクリームが茶色、乳白色、茶色の三層になっている。

「わー、そっちも食べたい」

「でもトゥンカロンにカクテルは甘すぎたかも。ほうじ茶があるから持ってきます」

立ちあがった未知と入れ替わりに、パーカー姿の平岡が座った。手にはロング缶のビールと、どんぶり状の容器を持っている。コンビニの袋も指にひっかけていた。

「メシ食いながらでいいよね。やー、疲れた。もう、俺の頭では理解できなくてさ」

スプーンをつっこみ、どんぶりからなにか黄色いものをすくいあげている。

「平岡さんのはなに？　見せてよ」

麗子の依頼に、平岡は見せつけるようにどんぶりの中身をカメラに寄せてきた。ところどころに薄茶色の塊、それを束ねるような黄色の波。ぱらぱらと散った緑の色。親子丼だ。と、平岡はそれをすぐ手元に戻し、再びスプーンを入れた。食いながらでいいよねと言ったくせに、話をせずにがつがつと食べ進めている。

親子丼こそ、お店でできたて熱々を食べたいなあと、麗子は思う。ジューシーなモモ肉と嚙(か)みごたえのあるムネ肉を半々にして、とろとろの卵をまとわせるのだ。出汁は卵の甘さを邪魔しないよう控えめに。タマネギを入れるか入れないか論争に関しては、麗子は入れる派。卵の食感にアクセントを加えてくれて、より美味しく感じる。

麗子が記憶の味を求めている間に、平岡は食べ終わったようだ。ふう、と満足そうに息をつき、コンビニの袋から缶を取りだす。〝小粒ホタテ〟という文字が見えた。

「あれ、箸(はし)、入ってない」

平岡が視線を画面の外に投げる。ペットボトルを持った未知がいったん映りかけて消えた。箸を持って戻ってくる。

「サンキュー」

かいがいしいこと、と麗子は画面を眺める。ノロケの続きを見ているようで、少々馬鹿らしい。ゆいかも白けた目をして映っている。

「いや悪いね。腹減っててさ。で、どこまで話したっけ」

平岡の言葉に、麗子は飲んでいたハイボールを噴きそうになった。どこまでもなにもない。ゆいかが、言いきかせるような穏やかな声になる。

「まだなにも聞いてませんよ。でもおなかを壊さないよう、ゆっくり召しあがってください」

「ゆっくりもしてられなくて。始末書書かなきゃ」

始末書？　と未知がソファの隣で驚いている。

「原因を作ったのは俺だからさー。勝手なことをしてって怒られた。あいつらの居場所を作りたかっただけなんだけどな」

なにが言いたいのか、麗子にはさっぱりわからない。

「最初からお話をしてください」

ゆいかの声はなおも穏やかだ。

だけど画面越しということもあってわかる。何度も一緒に話を聞いてきた麗子だからこそわかる。なにが起こったのだろうと興味津々の目だ。

「うん。まず、俺はいくつものコースを受け持っているんだけど、トラブったのは、高校三年生のとある講座だ。生徒十五人のクラス」

「すみません、それより以前のところから。平岡さんの予備校は、今、どんな状況なんですか？」

ゆいかが手をあげる。

「オンライン授業。既存の会議システムを使って生徒に講義をする形だよ。生徒もパソコンやタブレットといった端末のカメラの前に座るから、こっちも生徒のようすが見える。映りこんだ背景の本棚に、本がみっしり詰まってる子もいて、家庭のようすが確認できるのは安心だね。教室形式より顔が近いから、どんな態度で聞いているかもよくわかる」

「居眠りできないってことね」

麗子は茶々を入れた。

「思いのほかみんな真剣だよー。ただその分、脱線させづらいんだよな」

平岡は話をしながらビールを飲み、ホタテ缶をつついている。

「そういえば以前、教室にギターを持ってきたって言ってましたね」

「天野さん、よく覚えてるね。あれは苦情きちゃったから一回きり。無駄な知識や冗談さえ言いづらいって話。滑ったときの生徒たちの白い目が辛くて辛くて。二十四の瞳ならぬ三十の瞳が、画面にずらりだ」

わざとらしく震えてみせる平岡に、じゅうぶんふざけているじゃないかと思う麗子だ。

「同時に、時間が合わない子のためにビデオも残してる。こっちは、参加してる生徒は映さず、講師の姿を配信する形だね」

「子供がいる同僚や上司は、学校からプリントをもらったって言ってました。あとは自己学習として、無料公開されてるwebサービスをそれぞれチョイスしてるって。同じような感じ？」

麗子は訊ねる。

「うちは有料だから、一方向じゃないよ。サポートも充実させてる。おかげで講師陣は大変だよー。でももともとビデオ配信教材は作ってたし、端末を持っている生徒も多くて、オンラインへの移行は比較的スムーズだったんじゃないかな。端末がない子には貸し出しもしてる」

「そっか。学校で全員に端末を貸し出すのは大変ですよね」

「ずっと休校って状態が続けば、いずれ学校もオンライン授業に移行するかもだけど、予算や設備の問題があるからねえ」

平岡が苦笑した。麗子は少し不思議に思う。平岡なら、うちはこんなに進んでるぞー、と自慢すると思ったのに。

「経済格差が教育に及んでしまうんですね」

ゆいかが残念そうに言った。

「そういうこと。うちに来てる子たちって、基本、教育に金をかけたいと思ってる家庭なわけ。とはいえこのご時世で、親の収入が減って予備校をやめざるをえなかった子はいる。かと思えば一方で、ノートパソコンを買ってもらった子なんてのもいるんだぜ。大学に入れば要るだろうだってさ。複雑だねー。上の人間は、当予備校なら今までと同じペースで勉強を進められますよと宣伝して、減った分は取り返せ、災禍をチャンスに、って考え方だけど、それでいいのかなって気もする。この先がこええよ」

平岡が肩をすくめている。

たしかに、と麗子も思う。お金のある家の子だけがいい大学に入れるなんて、将来が怖い。

「ごめん、脱線した。けどまあそういう状況な。で、ことが起こった講座は、裕福な家庭が多くて、志望校も上のほうを狙っている難関受験コースの高校三年生。昨年度からのメンバーの入れ替わりはあまりなくて、仲良しグループみたいなのを作ってる子もいる」

「盗まれたペンも、超高級品の万年筆だったりして」

高校生が万年筆ってのはないかもしれないけど、最近はきれいな色のインクも出ていて、これまた「映える」し、大人びたものを持ちたがる子はいる。セレブなご家庭なら、万単位の品物を与えるかもしれない。麗子が訊いたのは、そう感じたからだ。

突然、ゆいかが笑いだした。

「麗子さん、いつもだったら事件の話から逸らそう逸らそうとしてくるのに。今日は変」

言われてしまった。でもゆいかだって、いつも合コンという本来の目的から話を遠ざけてばかりのくせに、と麗子は画面越しに睨む。

「だってプレ新婚家庭のいちゃいちゃを見るより面白そうだもん。未知、はっきり言うけどさっきからの愚痴、ノロケにしか聞こえない。この状況で、あたしに楽しめるのはグルメぐらいだよ。ま、セルフサービスだから物足りないけど」

　ごめんなさい、と未知が頰を赤らめる。

　そういう性懲りもないとこがさあ、と麗子は唇を尖(とが)らせた。そのままチョコレートケーキを口に入れ、ハイボールをあおる。

　こほん、と平岡が咳払(せきばら)いをした。

「失敬。じゃあ心置きなく話を進めるよ。ペンは高級品でも万年筆でもなく、ボールペンだ。A子がカレシとペアで持ってるおみやげの品。動物園のショップで売られていたペンギンのペンだ」

「ペンギンのペン？　キャラクターの名前？」

　未知が隣から質問をする。平岡は首を横に振った。麗子が続ける。

「ペンギンが、ボールペンの頭やクリップ部分についてるってこと？　それともペンギンの柄？」

「くちばしの先がペン先になっている、ペンギンのフォルムを象(かたど)ったボールペン。筆記具だからやたら細身のペンギンだ。カラーリングもあってペンギンだとわかるけど、正直持ちにくそうな形だ」

「持ちにくそう、と表現するということは、平岡さんは見たことがあるんですね」

ゆいかが確認する。

「リアルで講義をしてたときに持っていたかは覚えてないけど、映像っていうか、正確には画像だな」

「画像？」

「盗まれたと主張するA子が、B子がペンを手にしているところをオンラインの講義中に見つけて、スクリーンショットしたんだ。それを、別の端末に表示させてカメラに見せてきた」

「ひえー、わざわざ？　よっぽど腹が立ったんだね」

麗子は顔を歪めたが、未知は頰をふくらませている。

「だってカレシとペアなら大事なものでしょ」

「わたしたちが今しゃべってるのと同じようなオンライン会議システムなら、カメラは顔のほうに向けられて、手元までは映されません。A子さん、よく見つけましたね」

ゆいかが感心している。

「ああ。手が上にいったときなど、何度か映りこんだらしい。特殊な形をしているペンだから気づいたんだろうな」

「でもそれだけじゃ、オンラインの講義中にペンが盗まれた、ということにはなりませんよね。A子さん自身が、平岡さんの講義でそのペンを持っていたという証拠はありますか？　つまり、盗まれたのはもっと以前ということです。それならペンがオンライン空間を移動しない」

「だったらもっと早くに気づいてるだろ。それに、講義を受けていたA子の友人が、A子がさっき持っていたのを見た、と言った」

「A子の友人なんでしょ。口裏を合わせたのかも」

麗子も発言する。

「いや、あとで俺が保存した映像を見たら、たしかに持ってた」

「映像が残っているんですか？」

ゆいかが驚いている。麗子も驚いた。じゃあ今、その映像を見せてくれたほうがわかりやすいんじゃない？

「生徒には言ってないけどな。ホスト権限で残してる。俺だけを映したものと、生徒のようすコミで映したもののふたつ。俺だけのほうは、最初に言ったように講義を受けられなかった子のための配信用だ。生徒のほうは、理解しているかどうか反応を見るためだから、チェックしてすぐ消す」

それ見せてー、と麗子はねだる。

「ダメだよ。部外者には見せられない。つか、撮ってるって話から内緒だからな。面倒が起こるから誰にも言うなよ」

「では、平岡さん、実際に起こったできごとを正確に教えてください。A子さんもB子さんも、ずっと画面上に出ていたんですか？　オンライン会議には、自分の映像をオフにする方法がありますよね」

「ずっといたよ。映像オフは認めていない。ただ音声は出ていない。そちらはミュート、つまりオフにしている。講師の質問に応じてもらうときだけミュートを解除する形だ」

あれ？　と麗子は思った。ゆいかも不審そうに眉をひそめている。

「盗まれたというA子さんの主張は、いつどのタイミングでされたんですか。今の平岡さんの話だと、基本的に音声はオフの状態ということですよね」

ゆいかの言葉に、平岡がおおげさに頭をかかえ、ううううとうなる。

「それが始末書の理由なんだよー」

そういえば平岡は、原因を作ったとか、勝手なことをと怒られたなどと言っていた。

生徒間での盗難の責任が、どうして平岡にかかってくるんだろう。

「俺が休憩中にオンライン会議室を開放していたから」

「開放とはどういうことですか」

「まず、浪人生以外の学生は、平日は夕方以降に二コマ、休日は午前が二コマで午後は三コマの講義が基本形な。個人個人でレベルやコース別に必要な講義を受けるわけ。部屋の移動やトイレ休憩を考えて、コマとコマの間は休憩時間として少し空けている。学校の授業と似たようなものだよ。で、オンラインでやる講義も、そのスケジュールに沿ってる。生徒が、こちらの用意するオンライン会議室にログインするしくみ」

「教室に先生がやってくるんじゃなくて、生徒が自分の必要な教室に出向く、って感じ？」

未知が平岡にたしかめている。平岡がうなずいた。

「そ。たとえば最初の講義が十時半で終わるとする。生徒はそこで会議室を退出して、十時四十分からの別の会議室の講義に申請を出して入る、というしくみ。……なんだけど俺はいつも、生徒を時間ぴったりに退出させず、十分間の休憩時間が終わるちょっと手前、次の講義を考えて七分のあたりかな、それまでは自由に話をしてていいよって音声のミュートを全部解除して、会議室を開放してたわけ」

「どうして?」

麗子は反射的に訊(たず)ねた。

「だって、あいつら大変じゃん。学校行けない、予備校にも来れない、春休みも休校期間も区別なし。ふだんなら学校の休み時間や予備校の行き帰りに息抜きするだろ。それがまったくできないんだぜ。不要不急の外出はするなって言われて、緊急事態宣言まで出て、みんな画面のなかでしか会えない。勉強は不要不急じゃないだろ？　なのになぜかそういうことになっちゃってる。俺なら頭、爆発しちまうって。教室、つーか、予備校の建物に来てりゃ、講義の前後にしゃべるぐらいは普通だ。だったら同じじゃん、って思ってさ」

行けない、来れない、で指を折り、爆発、で頭の上にてのひらを大きく広げた派手なしぐさで、平岡が訴える。

「それをやっては、ダメだったんですか」

ゆいかの問いに、平岡はさらに、首をぐるりと回した。

「結果的にな。いきなりはじめたオンライン講義だし、ルールもそこまで決めてなかった。全部手探り、四角四面にとらえなくてもいいんじゃね？　って俺なんかは思ったわけよ。おしゃべりしたくなければ退出すりゃいいだけだし。で、今日の四講義目のことだ。休憩時間に入ったとたん、A子が、さっきまで持っていた私のペンがない、B子に盗まれたって言いだして騒ぎになった。それが収まらないままタイムアウト。俺は五講義目があり、彼女らもそれぞれ別の講義に参加。終わってすぐふたりに連絡したけど無視された。一方その間に、講義を受けてたほかの生徒が事務所に問い合わせて事件発覚、って流れだ」

「それ、その休憩時間がなかったとしても、あとでふたりがLINEなりなんなりで、盗んだ盗まないってやりとりをするんじゃない？」

　未知が言う。麗子も同感だと、続ける。

「平岡さん、仲良しグループを作ってる子もいるって言ったよね。A子はどう？　もし仲のいい子がいるなら、平岡さんから見えないところで非難が盛りあがるよ。隠れてしまうよりマシだったかもよ。対処できるじゃん」

「ふたりともサンキュー。たしかにA子は親しい友人に愚痴っていたよ。俺はA子ともB子とも連絡が取れないから、同じ講義に出ていたA子の友人に連絡を取って、教えてもらったんだ。でも全然関係のない、知らなくていい子まで知ってしまった、巻きこんだ、ってのはまずい。そしてうちの上の連中は、生徒間のトラブルなのに、おまえが勝手なことをするから関わる羽目になったと、お怒りってわけ。けどさ、もしリアルで講義をしていた教室で同じことがあったら、講師が対処するだろ。……あ、もうないや」

と、平岡がビールの缶をひっくり返すように飲んだ。ちょっと待ってて、と席を立つ。

残った三人が、画面のなかでうなずきあう。

「休憩時間に会議室を開放、か。平岡さんらしい行動だね」

ゆいかがほほえみながら、ゼリーで濡れた苺のかけらを口に入れた。チョコレートに入っている苺もいいけれど、生のフレッシュな苺も味わいたいなあ。麗子はそんなことを思いながら、残りひとくちとなっていたチョコレートケーキを平らげて、言う。

「いいかげんだけど、情に厚いんだよね」

さあ、次はなにを食べよう。冷蔵庫のなかで、専門店の詰め合わせショコラが出番を待っている。このタイミングで、自分も中座して追加を持ってこよう。

そう声をかけようとした画面の向こう、未知がにやにやしていた。

「いい人でしょ。私の選んだ人ですから」

「ノロケなくていいの。それより未知、酔っぱらってグタグタにならないよう、適当なところで平岡さんのお酒止めてよ。どうしてペンがオンライン空間を移動したのか、あたしだって気になるんだから」

平岡がビールとともに、枝豆の袋を持って戻ってきた。コンビニでよく売られている、茹でられて塩まで振ってあるタイプのものだ。

「あ、それ、侮れませんよね。あたしもよく買います」

麗子は親指を立てる。ビールに枝豆、最高の組み合わせだ。わずかな塩気としっとりした豆の旨みと甘み、それをビールで流しこむあの快感。いいなあ、明日はそれにしよう。暖かくなってきたからベランダに椅子を出して食べてもいい。そうしたら、閉じこめられているようなこの気分も晴れるだろうか。実際には、コンビニにも出かけるし交代で出社しているからずっと閉じこもってはいないけれど、どこか霧のなかにいるような気持ちなのだ。

平岡さん、とゆいかが声をかける。

「舞台の前提はわかりました。A子さんとB子さんの話を、もう少し詳しく説明してください。A子さんはどう非難したんですか。B子さんは認めたんでしょうか。ふたりはどんな関係なんですか。たとえばもともと友人同士とか、逆に反目しているとか」

矢継ぎ早の質問だ。

「あー、まずふたりは別の高校。特に仲がいいわけじゃないけど、反目してもいない。B子はどちらかというとクールなタイプなんだ。同じ高校から来てる子とも群れていなかった。A子は正反対、俺の講義にも同じ高校の子がいて、よくグループになってきゃっきゃしている。グループには女子も男子もいて、女子のひとりはさっき言ってた連絡を取った友人な。男子のうちのひとりがカレシだ」

「そのカレシさんとB子さんの関係は？」

ゆいかが確認する。

「ライバルかな。志望先が同じだ」

「もう志望大学を絞ってるんだね」

チョコレートをつまみながら、麗子は口をはさむ。まずは、焙煎したヘイゼルナッツに砂糖を加えてキャラメリーゼしたプラリネの入ったトリュフだ。ざくっとした食感のあと、ナッツの香ばしさがやってくる。喉にナッツのかけらが絡まないよう、ハイボールをぐびり。

「いや、両方医学部志望ってことだけ。カレシの男子のほうは医者一家で、両親ともに医者だし、兄も医学部の学生。B子の両親は医者じゃないけど、たしかどちらも医療従事者だ。親を見ていて自分は頂点を目指したいと強く思った、なんて言ってたな」

「わー、上昇志向強い系？」

麗子は思わず口にした。

「難関コースに来てる連中は、みなそれなりに上昇志向は強いよ。B子は口に出すタイプだな。ひとりっこだし、親の期待を一身に背負ってるんだろう。小テストでその男子が自分よりいい点とったときなんか、闘志を燃やしてたよ。それはオンラインじゃなく、リアルで講義をしていたころの話だけど」

「ペンを盗んだなんて非難されたら、相当怒ったんじゃない？」

「いやー、怒ったというより、冷笑って感じだったな。とぼけていたのか、バカにしていたのかわからないけど、なに言ってんの？　って鼻で笑って、呆れたように椅子の背にもたれかかった。脚にキャスターのついている椅子なんだろうな、もたれた勢いで少しうしろに下がって、カーテンが揺れてた」

「呆れたふりをした演技じゃなく？」

麗子の質問に、平岡は首をひねる。

「演技かどうかまでは……。ただ、現実的じゃないだろ。画面の向こうにいる人から、今までその人が持っていたペンを盗んだなんて言われても。ほかの子からも、ペンが別の空間から移動するなんて物理的にありえないという声が聞こえたな。俺も、なにか勘違いしているんじゃないかって言ったんだけど、A子は証拠があると、画面をスクリーンショットにしたものをタブレット端末に表示させて見せたんだ。で、あーだこーだと、みんなして騒ぎになった」

「A子の友人が、講義中にA子自身がそのペンを持っていたのを見たって言ったのは、そのタイミング？」

未知が隣から訊ねている。

「そうそう。ただみんな次の講義があるから、話が終わらないまま順々に退出した。ふたりはそれでもしばらく睨みあっていたんだけど、A子が時間だからって言って先に退出し、B子が最後に退出した。俺はあとで連絡すると言って、実際連絡もしてるんだけど、ふたりからはいまだに無視だ」

「わかった。その子、超能力者なんですよ。テレポートとかテレポーテーションとか」

未知が言う。

悪乗りしすぎでしょ。酔ってもいないのに、平岡に毒されてるんじゃない？　と麗子は内心呆れながら、生チョコレートのトリュフを口に入れる。とろりとした食感が口いっぱいに広がって、幸せな気分だ。

しばらく黙って考えていたゆいかが、口を開いた。

「誤解か嘘（うそ）があるんです。見えているものだけが真実じゃない。見えないところを見ないと」

画面の向こうのゆいかは、見えないところも見通しそうな目をしていた。

「お、おお。……でもどうやって」

平岡もたじろいでいる。

「今わたしたちがわかっているのは、A子さんの持っていたペンと同じものをB子さんが持っていた、ということ。映像で確認できたのなら、そこは真実と考えていいでしょう。ならば、B子さんも同じペンを所有していて、A子さんは講義の最中にペンを手元からなくしてしまった。たとえば机から落とすとかノートにはさみこむなどして見えなくなった、とも考えられます。この場合、A子さんの誤解」

ゆいかが説明をする。

「それ、もっとも平和な結論です」

「そうだよね、動物園のショップに売ってたわけだし。同じものを持っていてもおかしくない」

未知、麗子、と感想を述べる。

いや、と平岡が首を横に振った。

「持っていた可能性は低い。その動物園は海外らしいんだ」

「え？　海外なの？」

さすが裕福な家庭の多い難関受験コースだ、と麗子は思う。

「A子の友人に聞いた情報によると、購入者はA子の親戚で、最初はA子と弟に渡されたものだそうだ。A子は気に入ったが、弟は気に入らなかった。姉とお揃(そろ)いなんて恥ずかしいと言ったらしい。一方、A子はレアものだからカレシとペアで持ちたいともらい、カレシに渡した」

「それはいつのことかわかりますか？」

ゆいかがマグカップを両手で持ち、飲むともなくもてあそんでいる。

「今年の正月明けだったようだ。そのあとは学校がはじまってるし、休校要請があったころにはもう海外に行く状況じゃなくなっている。だから買えない」

「以前から持っていた、通販で手に入れた、ということも考えられますが」

「友人情報によると、B子は以前そのペンを見たときに『書きづらそう』と言ったらしい。俺自身も見てそう感じたが、フォルムにこだわった分、無駄なふくらみがあってネタで使うようなペンだ」

「書きづらそうと言っていたから、持ってもいないし手間をかけて買うこともしないだろう、と。なるほど、理由にはなりますね」

「でもさー、マイナスの言葉が先に出ちゃったから、持っていると言えなくなった、とも考えられない？」

麗子はハイボールを口にする。服にせよ食べ物にせよ、軽い批判をつい口にしたせいで、もう見せられなかったり、あとから欲しいと言えなかったりって、ありがちじゃない？

「それも一理ありますね。いずれにせよB子さんはそのペンを持っていた。そして平岡さんの講義で使った。なぜなんでしょう」

「嫌がらせじゃないかってさ。その友人曰く」

枝豆を続けて食べたあと、平岡はビールの缶を傾けた。

「あれ？　さっき洋介さん、A子とB子は、特に仲がいいわけじゃないけど、反目してもいない、って言ってなかった？」

未知が首をひねっている。

たしかにそう言っていたと、麗子も思いだす。

「俺から見れば、だよ。ほかの講師からもそんなこと聞いてないし」

「生徒同士だからわかったのか、A子に近い子だからそう言うのか、どっちなんだろうね。ほかの子はどう感じてるのかな」

麗子が感想を述べる。

「どうしてその友人は、嫌がらせだと？　理由は言ってましたか」

ゆいかが訊ねると、平岡はため息をついた。

「B子はA子のカレシが好きだから、だってさ。びっくりだよ」

「実際はどうなんですか」

問いを重ねるゆいかに、平岡が情けなさそうな顔をした。

「正直に言う。わからん！　やだ先生わかんないのー？　ってその友人の子のメッセージにも書かれてたけど、勉強に行き詰まっているとかならともかく、生徒同士の三角関係など俺にわかるか」

お手上げー、とばかりに、平岡は顔の横で両のてのひらをぱっと開いた。

「はいっ、はいっ。B子はそのカレシのほうからペンを盗んだんじゃないの？　好きな人の持ってるものが欲しくなるってあるじゃん」

麗子の言葉に、平岡が、うーんとうなる。

「でもカレシはカレシで、ちゃんとペンを持っているんだ」

「なぜ持っているとわかったんですか？」

ゆいかが問う。

「騒ぎになったときに、A子にあるかと問われて、ペンを画面に出してきたんだ。リビングに置いてあるから待ってて、って取りにいってさ。そうそう、本棚に本がみっしり詰まってたのはその子だよ。つい、どんな本を読んでいるか目を凝らしちゃったよ」

平岡がビール缶に口をつける。画面の向こうのゆいかの本棚を見た自分と同じことをしている、と麗子は苦笑した。

「そう言われると、なおさら映像を見たくなるな。どんな子たちなの。ねえ平岡さーん」

麗子はねだったが、平岡は両腕でバツの形を作る。

ちぇー、と思いながら、麗子はオランジェットをかじった。シロップ漬けにしたオレンジピールをビターチョコレートでコーティングした棒状のものだ。カカオの苦みとオレンジの爽やかさが、これまたウィスキーに合う。

「じゃあやっぱりB子もB子で同じペンを持っていた、って結論になるよね。A子は盗られたと勘違いしただけ。誤解ってことだよね、ゆいか」

麗子はゆいかの説に乗っかったが、当のゆいかはにこりともせず、マグカップを口に運んだ。

「誤解ではなく、A子さんの嘘ということもある」

「嘘？」

「友人の言うように、B子さんが嫌がらせでペンを画面に出してみせたのだとしたら、それを察したA子さんが、B子さんを悪役にしようと考えたのでは。講義を受けている人たちの集まる中で盗まれたと騒いだ理由にもなります」

あ、それもありうる、と麗子は手を打ち鳴らした。A子はそれ以降、自分のペンをカメラに映さなければいいだけだ。

「よし、決定。決定でいい？　オンラインの画面上でペンを盗まれる、空間移動するなんて不可能だよなー。それでOKだよね」

平岡が放り投げるように言う。

「ところでB子さんは本当に、以前からペンを持っていたのでしょうか。または通販で手に入れたんでしょうか」

ゆいかの言葉に、麗子はずっこけそうになる。

「ちょっとちょっと、B子はそのペンを持っていた、ってゆいか自身が言ったんだよ。話を元に戻さないでよ。以前から持っていたか通販か、そこはもうどうでもいいんじゃない？　盗まれてはいない、でいいじゃん」

「よくはない」

ゆいかは平然と言う。

「その仮定が正しいかどうか、吟味してみないと。前提が間違っていると、結論を間違える」

「あー、なんか、なるほどです。天野先輩は頭のなかでいつもそういう作業を繰り返してるんですね。だから謎が解けるんだ。納得しました」

未知が目を輝かせている。

「納得しないでよー。答え、ちょうだい。正直疲れたよ。……あ、なくなった」

平岡がビールの缶を振り、立ちあがる。未知が手を伸ばして止めようとしたが、すりぬけられていた。

「止めないほうがいいかも」

「だって麗子先輩、さっきは」

「酔わせて判断力を失わせたら、映像を見せてくれるかもしれないじゃない。そう思わない？　ゆいか」

「A子さんの持っていたペンとB子さんの持っていたペンが同一のものかどうかわかるなら見てみたいけど、そこまでカメラの精度は高くないでしょうね」

ゆいかがマグカップの底を揺らしている。ゆいかの飲み物も残りが少ないようだ。

「ペンに傷があったり、シールでも貼っているならともかく、難しそうですね」

未知が答えた。

「ちょっとちょっとゆいか、同一のものだなんて可能性はないでしょ。もし同じものなら、空間移動したってことになるじゃん。それがありなら、あたしのこのオランジェットがゆいかの手元に移動するよ？　ゆいかのゼリーがあたしのところにやってくるよ」

麗子は、一本のオランジェットをパソコンのカメラに近づけた。ゆいかも握った手を伸ばしてくる。そのまま手首をひねって、てのひらを開いてカメラへとかかげた。

ゆいかの手に、焦茶色をした棒状のものが載っている。

「え？　ええっ？」

麗子は腰を浮かせた。しかし麗子の手にもオランジェットは残っている。未知の笑い声が聞こえた。

「天野先輩のそれ、ただの棒ですよ。細長い直方体……かな。なにかはわからないけど、麗子先輩が持ってたオランジェットじゃありませんよ」

「パステル。ステイホームの気分転換に絵を描いてた。手元にあったから、ついいたずらしたくなって」

ゆいかがほくそ笑んでいる。

「もう。下手な手品はやめてよね」

「似た形のものを用意して移動させたふりをする、ということができる証明をしたくて。麗子さんがわたしのいたずらに乗っかってオランジェットが消えたふりをすれば未知さんを騙すことができるよね。じゃあA子さんとB子さんはどうなのか。ぐるになっている可能性もあるでしょ」

「それはないな」

平岡が話に入ってきた。どかりとソファに腰かける。

「まじでA子の目は怖かったぞ。B子も不敵な笑いを浮かべてたし。あれが演技だとは思えない。だいたい、ぐるになって周囲を騙して、どんなメリットがあるんだ」

ビールのタブを開け、ひとくち飲んだあと、平岡はスマホの画面をカメラに近づけてきた。文章の部分は、全部英語で記されている。

「これを見てくれ。通販説は消えた。動物園のショップを探してみたんだ。この写真がそのペンギンのペンだが、通販は扱っていない。転売サイトを介せば手に入るかもしれないけど、海外のものだから市場に出る可能性はかなり低い」

平岡がスマホに表示させているペンは、説明のとおり細身のペンギンの形をしていた。くちばしの先がペンになっていて、手で持つ部分がぷくりと膨らみ、胴体と一体になった羽が描かれている。閉じた足の先をノックしてペン先を出すのだろうか。かわいいが、たしかに書きづらそうなペンだ。

「じゃあB子は以前から持っていたってこと？」

未知が訊ねる。

「否定はできないけど、偶然がすぎますね。それとタイミングの問題がある。もしB子さんが以前からペンを持っていたのなら、なぜ今日、見せたのか。A子さんは正月明けからペンを使っていたのに」

ゆいかの言葉を受け、麗子は質問をする。

「平岡さん、今日なんか特別なことでもあった？」

「俺の講義はいつも特別さっ！　って言いたいけど、なにもない。講義は平穏無事に終わって、本編におけるトラブルはなし。俺は今日、A子にもB子にも質問をしていない。ついでにカレシの男子にもな」

「三講義目までや昨日も、トラブルはありませんでしたか」

と、ゆいか。

「俺が聞いた限りではないね」

「さっぱりわからない。ゆいか、そんなに仮定や可能性を潰していったら答えが消えるじゃない」

麗子の言葉に、ゆいかは右手の人さし指を立てた。

「だから答えは、最後に残ったものとなる」

「どういうこと?」

「そのまえに平岡さん、A子さんの状況を確認させてください。弟は学生ですよね。ほかのご家族はどうしてるんですか。リモートワークで家にいるんじゃないですか?」

「うん、父親はIT関係の会社員で母親は公務員だったかな。父親はずっと在宅勤務で、正直うっとうしいって言ってた。母親のほうは、交代での勤務をと言われつつも休めずに出勤らしい。弟は小学校の……、たしか五年生って言ってたかな。そっちも休校中だ」

「思ったとおりです。A子さんは嘘をついている」

ゆいかがにっこりと笑った。

「すべての構図が、見えました」


「A子が嘘をついているというのは、B子の嫌がらせを察してB子を悪役にしたってこと?」

麗子は質問する。

「そう。それだけじゃないけれど」

「ペンを盗まれたという主張は嘘だ、というところまではわかります。だって生徒たちはそれぞれお家にいるから、オンラインじゃ持ち物検査はできない。A子は持っているペンをカメラに映さなければいいだけ。ですよね? だけどB子もまたペンを持っていたんですよ。通販説も、以前から持っていた説も、ゼロじゃないけどほぼ否定されたじゃないですか」

未知が首をひねっている。

「ペンは二本ある」

ゆいかが首を横に振り、画面に二本のパステルを見せてきた。さきほどの焦茶色と、それより薄い茶色だ。

「二本？」

平岡がおうむ返しにした。

「A子さんとカレシさんが一本ずつ持っている」

ゆいかが片方の手で持っていたパステルを、一本、もう一方の手に移して分ける。

「そりゃたしかに。だけどカレシのほうから盗まれたわけじゃないぞ。そいつは自分のペンを画面に出した」

「A子さんに問われて、リビングに取りにいってカメラに見せたんですよね？」

「ああ」

「リビングにあると告げ、B子さんの手元から取り戻したのではないでしょうか」

え？　と麗子は声が出た。

オンライン会議システムは声の重なりに弱い。未知と平岡の声はよく聞こえなかった。けれど画面を見ると、同じような言葉を発したようだ。口がまるく開いている。

「ノートパソコンにせよタブレット端末にせよ、カメラは顔を映すため上方に向けられ、手元までは映されない。その話、してましたよね。カメラの外でなにが起こっているかは、見えない」

「そ、それはそうかもしれねーけど……」

「待って。それって、B子と、A子のカレシが同じ部屋にいたってこと？」

麗子は口をはさむ。

「生徒の声は基本ミュート、オフになっている。平岡さんは講師から質問したときだけ生徒の音声のミュートを解除すると言ってた。A子さんにもB子さんにもカレシさんである男子にも質問をしていなかった、とも。だから向こうからの音は入らない。一方、休憩時間には全員がオンになるため、多少の音の重なりはわからなくなる。映像も、B子さんがカーテン、カレシさんが本棚で、映りこむ背景が違っているせいで別の場所に見える。同じ家のなかというだけで、部屋自体は別かもしれないけど。いずれにせよ、ペンは二本、持っていた人は三人、別のペンが存在する可能性は消えている。だとしたら、三人のうちの二人が同じ空間にいると考えるのが合理的」

「A子とB子が同じ空間にいた、とは考えないんだね、ゆいか」

ありえないけどと思いながらも、麗子は問うた。

「理由がないでしょ。同じ空間にいる理由が」

「……でも、このカレシ、A子とつきあってるんだよ」

未知が呆れたようにつぶやく。

「あ、B子はカレシが好きだって言ってた！　A子の友人によると、だけど」

麗子も声を上げる。

「カレシくん、浮気男なの？」

未知が平岡に訊ね、平岡が両手を横に振っている。

「わかんないよ、そんなの。ごく普通の少年だ。こつこつとまじめに勉強する屈託のない明るい子」

だけど、とゆいかは二本のパステルをくっつけ、また離す。

「本命のカノジョとは会えずにいる。A子さんは父親が在宅勤務をしているから、家から簡単には出られない。一方、B子さんとカレシさんの家族は医療従事者で、日中、もしかしたら夜も、在宅していない可能性が高い。B子さんはひとりっこ。カレシさんの兄は大学生だけど、家にいたとしても弟の元に女の子が遊びにきていたところでたいして騒がないのでは。さあ、カレシさんの家にB子さんが訪ねてきたら、その子はどうするのか」

画面のなか、しばしの沈黙があった。

「……理由、ありますね。こっちのふたり」

「来ちゃった。ハートマーク。なんて態度でやってきたら家に入れちゃうかも」

未知の発言に、麗子も同意する。画面上でふたり、うなずきあった。ゆいかがパステルを二本、同じ手に握った。

「ふたりの行動がいいこととは思わないけど、わたしはB子さんもカレシさんも責められないと思う。平岡さんが言ってたように、今、息抜きさえもできなくなっている。そんななか、誘惑に負けてもおかしくないでしょう。直接会えることのできる人同士なんだから」

「だけど同じ志望先を狙うライバルだぞ」

「やだ平岡さん、そんなこと言ったら同学年は全員ライバルじゃん。そんな理由で同級生とつきあわない子、いる？」

麗子が笑い飛ばす。

「まあ、いない、なあ」

「A子もそれに気づいたんだね。自分のペンが手元にある以上、あれはカレシのペンだって。だからB子を攻撃した」

麗子の言葉に、平岡は眉をひそめた。

「だけどさあ、だからって、ペンを盗んだなんて言いがかりつけなくても」

「気持ち、わかりますよ。A子、かわいそう。おとうさんが家にいておかあさんが外に出てて、小学生の弟がいるんでしょ？　それきっと、家事もやらされてるんじゃない？　全部押しつけられてるんですよ。なのにカレシは浮気して。ひどいじゃないですか。そりゃストレス溜まるよ。B子にペンを盗まれたと言って攻撃するよ」

未知が平岡の隣でぶんぶんと首を振りながら、憤慨している。

「ストレスでB子さんを攻撃したんじゃない。B子さんがA子さんを挑発したからです」

ゆいかが言った。

「挑発？」

「B子さんはカレシさんの家に来ている。だけど外出自粛が呼びかけられているため、おおっぴらには言えない。音声もオフになっている。だからわざとペンギンのペンを画面へと見せつけた。スクリーンショットできるほどわかりやすくね。ペンはA子さんとカレシさんがペアで持っている、まず他人とかぶることのない海外の動物園のおみやげでしょ。A子さんにしかわからないメッセージとなる」

「でも、それカレシも気づくんじゃないですか？」

「気づくような人なら、はじめからペンを渡したりしません。なんの気なしに渡したのか、B子さんがこっそり持ちだしたのかはわからないけど、書きづらそうで、ネタで使うようなペンなんでしょう？　ふだん使っていなかったんじゃないでしょうか。カレシさんは、A子さんほどそのペンに思いいれがないってことです。でもA子さんから問われて、リビングにあると言って画面の外へと消え、ペンを取りかえしてカメラに映した」

「B子、策士だねー。いやほんと顔が見てみたい」

麗子の声に思わず感慨が交じった。

「A子さんだって策士だよ。私のカレの家にいるんでしょ、とB子さんを非難するんじゃなく、ペンを盗んだと言ってB子さんを攻撃したんだから。盗んでいないと言い訳をしたいなら、A子さんにしかわからないメッセージではなく、自分が他人のカレの家に来ていると、講師やほかの生徒から非難されかねない行動をしていると自白しろ、そう言ってるんですよ。なかなかのものじゃない」

ゆいかが楽しそうに笑う。

目をまんまるにして三人の話を聞いていた平岡が、なるほどなあ、と深いため息をついた。

「いやあ、女って、高校生のころから怖いなあ」

「はあ？」

麗子は声をあげたが、未知の声のほうが大きかった。パソコンから響いてくる。

「カレシがB子を家にあげなければ問題は起きなかったじゃない。彼女たちだけのせいにするのはおかしい」

「……ごめん」

麗子もカメラを睨みつけたが、ゆいかはふたりのようすを冷ややかに見ていた。

「じゃあさっきの天野さんの推理、あの子らに投げてみる。うちは学校じゃないし誰が誰とつきあおうが正直かまわないんだが、他人を傷つけることはするなってな」

平岡が言う。

「ペンを盗まれたって、みんなに言っちゃった件はどうするつもり？」

麗子は訊ねる。

どうしたものかな、と平岡が頭をかいた。

「誤解だったとするか、正直にカレシの家にいたと言ってもらうか、そこは三人の話し合いに俺も参加しつつ、決定は任せる。今は生徒同士で顔を合わすことがないから、噂が蔓延することも少ないだろう。なによりみんな、勉強しに来てるんだから……あ、来てはいないけど」

「A子たちとの話し合いも、オンライン会議かグループLINE?」

未知が隣の平岡を見ながら言う。

「それしかないね。でも目途が立った。やれやれだ。三角関係は三人で解決してくれ。騒ぎを起こした反省もしてくれ。俺は平和が訪れるのを待つよ」

平岡はほっとした顔で、ビール缶をあおった。

「ところで平岡さん、平岡さんも反省なさったほうが平和になりますよ」

ゆいかがうっすらと笑う。

「えー? なになに? 俺なにもしてないよ。浮気とかそういうのとは一切無縁だよ。悲しいほどに」

いや最後の一言は余計だから。無理に笑いを取りにいかなくても、と麗子は呆れる。

「なにもしてない、ってとこですよ。平岡さん、家事やってないんじゃないですか?」

「や、え……、それは」

平岡が息を飲む。未知が身を乗りだした。

「そうなんです。そのとおり! 全然なんですよ。午後からの講義の日なんかは、時間あるはずなのにずっと寝たままでいて」

「いや、前日の疲れが溜まってるんだよ。夜中まで資料作ってること知ってるじゃん。

未知ちゃん、俺が来るまで愚痴ってたの？　みなに叱ってもらおうって計画？」

やだなあと笑いながらも、平岡は焦っているのか、さらに動作が派手だ。

「未知はなにも言ってなかったよ。ゆいか、どうしていきなりそんな話を」

「投影」

「トウエイ？」

「未知さんはさっきA子さんについて、父親が家にいて母親が外に出ていて小学生の弟がいるから、きっと家事をやらされてる、全部押しつけられてるって言ったでしょ。家族の状況は聞いたけど、その人たちがどう動いているかまでは、わたしたちにはわからないのに」

「あー、でもそれは思いこみもあるんじゃない？　母親が不在なら女の子に家事が任されるんじゃないかという」

麗子は残り少ないハイボールを飲んだ。

「でもA子さんは受験生だから家族も協力してあげている、という考え方もできる。それもひとつのイメージ、思いこみだけど。つまり自分自身が置かれている立場によって、思いこみ方や見え方が違ってくる。自分を投影している」

「……たしかに。ステイホーム中のおとうさんが料理にはまってるかもしれないですよね。弟だって、おねえちゃんを応援して積極的に家事に参加してるかも。私、無意識のうちに押しつけられてると思ってたのかも」

未知が考えこみながら言う。

「押しつけてない。俺、ホント、押しつけてないよ。だって未知ちゃん、ぱっと立って、さっと動くじゃない。俺が手を出すより早い。ほらさっきだって、箸持ってきてくれて」

そういえばそうだったと、麗子は思いだす。かいがいしい、ノロケの続き、と思って見ていたけれど、あのとき白けた目をしていたゆいかは、違う感じ方をしていたのだろう。

「あれは持ってきてくれって目でこっちを見たから」

「見てないよ、見てない。いや、だからさ、未知ちゃんもはっきり言ってくればよかったんだよ」

「平岡さん、それ、自分の動きが遅いことを、考えが足りてないことを、未知のせいにしてる」

麗子はめいっぱい冷たい声を出した。

「今、午後からの講義のときには寝たままでいないで、って言いましたよ」

ゆいかが笑いながら告げる。

「あ、うん。わかった。……で、俺はなにをすれば」

「甘えない！」

麗子は一喝した。

☆

「結局、ペンのことはA子の見間違えだったってことで、始末をつけたそうだよ」

麗子はスマホの向こうのゆいかに話す。ふたりだけなら、スマホのビデオ通話機能のほうが楽だ。

「それでA子さんは納得したの？」

ゆいかが質問する。

「うん、実を取った」

「実か。浮気をされたガールフレンドという立場に甘んじるのは嫌なのね。カレシさんの家にいるアピールをB子さんにされて逆襲したぐらいだものね。プライドは高いとみた」

同感、と麗子は思う。だけどそれだけじゃないんだな。

「そして新たなカレシを作った」

へえ、とゆいかが驚いている。自分の手柄でもなんでもないけれど、ゆいかを驚かせるのは麗子としても快感だ。

「やるじゃない。でもこのご時世でどうやって知り合って、仲を深めたの」

「家庭教師だって」

「直接、家に来てるの？」

「ううん、以前は来ていたけど、今はオンラインでマンツーマン指導だって。そして本人の家庭教師じゃなく、小五の弟の中学受験のための先生で、現在大学生。平岡さんも、お金をかける家はかけるなあって、しみじみしてた」

ふふふ、とゆいかが笑う。

「痛快。もしかしたらA子さんは以前から、その家庭教師のことをいいと思ってたのかもしれない。もしかしたら新しいカレができたというのは嘘で、自分が同級生のほうのカレをふってやった形にしたかったのかもしれない。どちらだったとしても、A子さんのこと、わたし好きだな」

「迷惑きわまりない子じゃん」

「楽しいじゃない。だから麗子さんのことも好きだよ」

やだ照れるー、と言いかけて、はてそれはどういう意味だろうか、と麗子は言葉を止める。

先日から考えていた提案をすべく、咳払いをした。

「あたし、思ったんだよね。A子に負けてられない。オンラインでも新たな相手はゲットできるわけじゃん」

「だけどその家庭教師は、以前は家に来ていた人でしょう？」

「でも勉強を見てたのは弟のほうだよ。どういうきっかけからでも縁はつながるってこと。このままずっと家にいて、交代で出社、極力ほかの場所に立ち寄らない、なんてつまらない。つてをたどって、オンラインで合コン相手を探す。食事もなるべく同じものにする」

「食事も？」

ゆいかが首をひねる。

「そ。今回、四人で話をしてみて思った。同じ空間で同じものを食べて、あれが美味しいとかこっちが美味しいとか、そういう話をするのも合コンの楽しみのひとつなわけ。盛りあがりたいの。バラバラのものだと相手が食べてるものの味が、イメージはできても実感として持てない」

麗子はオンラインで会った翌日、ベランダに出てビールで枝豆を食べた。美味しくはあったけれど、平岡が食べていたようすを見ていたときに湧いた感情とは、少し違っていた。きっと自分は、あの瞬間に味わいたかったのだ。

「味覚はその人その人の感覚だから、同じにはならない」

「もう。どうしてゆいかは屁理屈で返してくるのよ。行動しなきゃなにも変わらないでしょ。ゆいかだって以前そんなような理屈で、合コン相手のお尻を叩いていたことあったじゃない」

「それとこれとは」

「とにかく探すから。いろいろ当たるから。オンラインでも誰かと会えば、ゆいかが求める面白い謎が出てくるかもしれないよ」

まずは、と麗子はやるべきことを頭に浮かべる。男友達を中心に連絡先の洗い出しだ。彼らだって人と会う機会が減って、くさくさしているはず。

あーあ、とゆいかがため息をついた。

「麗子さんって本当に、迷惑だなあ」

だけど目が笑っている。そっちこそ、ホント素直じゃない。

「迷惑きわまりない子が楽しいんでしょ。あたしだってゆいかの気持ち、わかってるんだから」

文を受けてから盛るという。

「お世辞じゃないって。本当に本当に食べたかったし、実際に美味しいんだもん。卵料理に飢えてたの。プロの手によるできたてとろとろの卵料理。いくらテイクアウトがあっても、こればかりはお店で食べないと」

麗子はオーソドックスタイプのオムレツに、再びスプーンを入れる。優しい黄色の下からつやつやしたオレンジ色が現われる瞬間は、何度見ても心が躍る。包みの内側は液体と固体のちょうど中間で、卵液が米の間にじんわりと沁みていく。あ、グリーンピース発見。

「それで開店前から待っててくれたの？　光栄だね。今日は会社の日？」

「うん、午後から出社。09とうちの大仏ホームには距離があるから、余裕を持ってね。混まないうちにとも思ったし。でも、お客さん、どんな感じ？」

「日によるなあ。オフィスへの出社は七割削減が目標とかいうけど、そんなに在宅勤務できる会社はなかなかないし、複数の会社で出社日が重なって混雑するときもある。でもお客が全然来ない日もあるし、読めないのが困るんだよねえ」

楢崎の目尻がまた下がった。これは苦笑、だろう。

「大変ですね。夜は開けているの？」

「夜はやってない。ここオフィス街だから、開けても人が来ないしね」

都の要請で、飲食店には午後八時までの時短営業が呼びかけられていた。酒の提供は七時まで。０９は居酒屋というより洋食屋のくくりだが、夜の客はたいていワインやビールを楽しんでいた。

「じゃあ、ランチとテイクアウトで？」

「テイクアウトの弁当はかなり好評だよ。なんてったって、昔取った杵柄だから」

「たしかに」

麗子が楢崎と知り合ったのは、楢崎の移動販売車——俗にいうキッチンカーが会社近くの公園に来ていたからだ。その後あれこれあり、彼は念願だった自分の店を手に入れた。

「いざとなればあのころに戻りゃいいって思ってるから、オレはだいじょうぶ。でも従業員がいるから、ギリギリまでがんばらないと」

「あたしもなるべく食べにきます。あ、写真を撮ればよかった。ＳＮＳに上げれば、少しでも宣伝になったのに」

「ありがとう。そういえばゆいかさんはどうしてる？　全然見ないけど」

「ゆいかは以前からマイ弁当派だし、リモートワークで引きこもりが加速してます。

オンラインで合コンやろうって呼びかけてるんだけど、なかなか都合が合わなくて」

「なんだか目に浮かぶね。いや実は、岡が連絡を取りたがっててさ」

麗子と天野ゆいか、楢崎とキッチンカー仲間の岡徹平（てっぺい）がランチ合コンをしたのは、だいぶ以前のことだ。

「岡さんが？　だけどあの人、ちょっと前にめちゃくちゃすげなかったんですよ」

「すげない？」

「ええ。そのオンラインの合コンに誘ったんですよ。だけど忙しいみたいで、そんな浮ついたことしてられるかよ、なんて言われちゃった」

麗子は岡だけでなく、何人もの男友達に声をかけていた。オンラインで合コンをしない？　誰か紹介して。ううんそんなに堅苦しく考えないで。気晴らしの飲み会だってば。たまには息抜きしようよー、と。

されどうまくいかない。在宅勤務の悪（あ）しき面が出て、オンオフの切り替えができずに夜まで働く人がいる。オンラインというコミュニケーション上のハードルがあるので気晴らしは顔見知りでないとと尻込みする人がいる。夕食は就寝の数時間前には摂（と）りたいので夜遅いのは嫌だという人がいる——と、これはゆいかだ。

そのせいでまだ実行には至っていない。ゴールデンウィークが目の前に迫り、連休を利用すれば最初と最後の障害は乗り越えられそうだが、肝心の相手が見つからない。

というこことを説明すると、楢崎はうなずいた。

「岡はその相手を見つけたんじゃないかな。仕事仲間が困ってて、ゆいかさんに相談したいって言ってたから。でもあいつ、直接の連絡先を知らないみたいで」

「そういえば連絡はあたしを介してたかも。ならそう言ってくれればいいのに」

「すげなく断ってしまったから、連絡しづらかったのかもな」

また相談ごとか。純粋に合コンをしたいという男はいないわけ？　とは思うが、ゆいかを引っぱり出す理由にはなる。

じゃあ連絡取ってみる、と麗子が返事をしたところで店にお客がやってきた。十二時が近い。テイクアウトの客のようだ。続けてサラリーマン風の男性が三人、こちらは店内まで入ってきた。鼻出しマスクになりながら、上司らしき人の噂話をしている。

楢崎が接客に入り、店のスタッフも席の案内をはじめた。麗子はオムライスの残りをほおばる。やっぱり楢崎の作る料理は美味しいなあ、と満足しながら。

☆

ノートパソコンの液晶画面には、まだゆいかしか映っていない。

「もう八時半だよ。これ、先に食べちゃダメ？　レンチンしたのに冷めてしまう」

ゆいかの視線は下のほうに向いていた。これ、と言うけれど、画面には見えない。

「岡さんの新作らしいから、待っててあげようよ」

オンラインで合コンをするなら同じ料理をみんなで食べたいという麗子のリクエストにより、売り上げに貢献してくれるならと、岡はわざわざ近くまで届けてくれた。ゆいかのところにも行ってくれたらしい。麗子も悪いと思ったので、一度では食べきれないほどのカレーを注文した。チキンカレーと豆のカレーは冷凍してある。

「わかった。で、麗子さんは、相談内容は知ってるの？」

「岡さんによると、仕事仲間が嫌がらせを受けているそうだよ。具体的な話は、直接聞いたほうが間違いがなくていいって」

「嫌がらせ、ね。それでどんな人？」

「イケメンとしか聞いてない」

ゆいかの表情が呆(あき)れている。

「男性の言うイケメンは、女性の言うかわいい子だよ並みに根拠がない、そう言いたいんでしょ。わかってるよ。イケメンじゃなくツケメンかもしれない」

「ツケメンねえ。そこまで期待してないなら、麗子さんにとってのメリットは？」

ゆいかに問われて、麗子は笑いだした。

「よっぽどだと思われてる？　ルックスに期待してないだけで、新しい出会いには期待してるよ。ルーティーンしかないこの日常を少しでも変えたいっていうか。ゴールデンウィークだよ。本当だったら旅行したり、映画でも観にいったりしてる時期じゃない」

ゴールデンウィークという名称は、七十年ほど前に映画業界が観客動員のために作った言葉だと、いつだったかゆいかが教えてくれた。その説が本当かどうか麗子にはわからないが、祝日が集まり、気候も穏やかで、黄金という名に相応（ふさわ）しい時期だ。なのに、だ。

五月だというのに、たそがれている。おかしいだろ。

「そういえば世界で最も有名なスパイの映画も、公開延期になってるんだよね」

ゆいかが残念そうにしている。

「でしょ。やっぱりあたしは人と出会いたい。誰かと話がしたいわけ。そのうえでカレシができれば、なお楽しいじゃない？」

麗子が言ったと同時に、画面にみっつめの枠が現れた。

スキンヘッドが大写しになる。岡だ。うわ、と焦った声は彼のものだ。

「こっぱずかしいな、これ。俺、顔がでかすぎない？」

「岡さん、スマホ参加？　カメラが近いんだと思う。少し離せばいいし、どこかに置いて話すほうが楽だよ」

なるほどな、と言いながら岡は画面に手をやり、麗子のアドバイスに従って位置を調整していた。鏡を見るように自らの姿をカメラに映している。

「こんな感じでいいかな。うん、背景もバッチリじゃねえの」

薄暗いなか、何体かの仏像が浮かんでいる。バッチリじゃないよ、怖いって、と思う麗子だ。

「お店からですか？　以前お伺いしましたよね」

ゆいかが訊ねる。岡は父親が営む『一徹（いってつ）』で働いている。メインは父親のやっている焼き鳥屋だが、岡はインドカレーを作って、陣地合戦を繰り広げているという話だった。仏像のインテリアは、彼の売上高の象徴だ。

「うん、店。ここらは夜に賑わう場所だろ。人は全然こないわ、八時には店じまいだわで、親父はふてて寝てる。今は俺が稼ぎ頭、キッチンカーで全国の皆様に幸せの味をお届けってわけだ」

「全国ですか。すごいですね」

　ゆいかが感心するも、岡は困ったような顔になった。

「そんなまじめに返すなよ。全国ってのは冗談。ただ、かつてない場所に車を出してる」

「どこにですか」

「団地。ほら、今まで平日のランチは、オフィス街を中心に回ってただろ。けど人が少なくなってきたから、河岸を変えたわけ。今まで会社という場所にいた人たちが元々住まわっている場所にな。そしたら思いのほかありがたがられてさ。今まで家にいなかった夫の食事に子供のおやつ、助かったーって団地妻のみなさまに手を合わせられちゃったよ。スキンヘッドなだけに」

　背後の仏像と同じポーズで、岡が手を合わせる。麗子とゆいかは画面上で顔を見合わせ、噴きだした。麗子が口を開く。

「それ、いいアイディアだね」

「住人は多いし、複数の団地を回ってるから、今までと同じ、いやそれ以上に売れてる。親父の店が全然アレだから、トータルではマイナスだけどな」

「でも団地って、商売をしていいんですか？　住居のためのスペースですよね」

ゆいかが疑問を呈する。

「団地の自治会や運営会社と協議して許可を取った。俺だけじゃなく、キッチンカー仲間と一緒にな。団地としてもこのご時世、買い物にさえ出たくないとか、外食ができなくてストレスが溜まるとか、いろいろ要望があったらしい。まあ、ためしにやってみるかっていう実験もあるんだろうな。ってわけでその調整でバタバタして忙しかったんだ。悪かったね、麗子さん」

画面の向こうの岡が、今度は片手で拝んでくる。

「嫌がらせで困っている仕事仲間とは、そのキッチンカー仲間の人ですか？」

ゆいかの問いに、岡がうなずく。

「そ。その人が最初に話を持ってきてくれて、その人の住んでいる団地からはじめた」

「ご家族とお住まいで？」

とまたゆいかが訊ねる。

「いやあ、独身。ひとり暮らし。うちの店に近いエリアでラーメン店の店主をしてる。だから実店舗は同じように閑古鳥だ」

「本当にツケメンでしたか……」

しっ、と麗子はゆいかを睨んだ。余計なことを言わないでほしい。

「ツケメン？　やってたかなあ？　ともかく、うちとそこと、パン屋だろ、惣菜の店だろ、おかず系ガレットだろ、ピザ釜的なの構えてるのもいて、日によって多少の変化アリだ」

「やだそこ住みたい。お店のほうが来てくれるなんて最高じゃん」

話を逸らすためもあって、麗子はおおげさに持ちあげた。しかし岡は、首を軽く横に振る。

「そのかわりスーパーも近所のコンビニも、食べ物系がすぐなくなるそうだぜ。団地の昼の人口が多くなってるから、仕方ないよな」

それはちょっと困る、と思う麗子だ。ゆいかもうなずいている。

「ところで岡さん、そろそろ食べませんか？　岡さんの自信の新作というこちらのお料理を」

ゆいかが、深めの容器に入った色付きの米を画面に見せてくる。ビリヤニだ。一般的には平皿に盛るが、持ち運びを考えてスープボウル状の容器を採用したとのことだった。

「めずらしい。ゆいかがごはんのほうに食いつくなんて」

「夜遅い時間にごはんを食べるのは身体に悪い」

そっちかよ、と麗子は苦笑した。

「おう、食ってくれ食ってくれ。一緒に渡したライタを載せるんだ。ナッツがベースのカレー、ミルチカサランを混ぜるのもいい」

「ライタって、これヨーグルトですよね。ごはんにヨーグルトか……」

ゆいかはためらっているようすだ。

「あれ？　ゆいかはビリヤニはじめて？　そのヨーグルト、スパイスと相まって美味しいよ。あと、ごはんの下にお肉が入ってる。チキン？　マトン？」

「俺はマトンのほうが好きだけど、クセがないほうが一般ウケすると思ったんで、チキンにしてる」

岡が答える。

いかつい顔にスキンヘッドと一見怖そうな岡だが、味に対しては真摯で貪欲だ。商売に対して、と言ったほうがよいかもしれない。南インド料理で流行っているビリヤニを取りいれたのも、目を惹くためだろう。

「じゃあ、乾杯してから食べましょ。あたしビール取ってくる」

麗子が画面の前を離れる。スパイスが強めの料理ならビールだよね、と冷蔵庫を開け、ビール缶を持って戻ると、画面によっつめの枠が現れていた。

「すみません、お待たせしました。どうもはじめまして、香取寛彌です」

彫りが深く痩せた顔に、肩よりも長いウェーブの髪だった。疲れているのか目元に憂いがあり、ラーメン店の店主というより芸術家のようだ。幅広くとらえればイケメンと言えなくもない。でもこの顔、どこかで見たことがある気がする。有名店なのだろうか。

「はじめまして。天野ゆいかです。香取さん、そこは一体どこなんですか？」

ゆいかの問いで、麗子は香取の背後に映るものに目を凝らした。棚のようなものがあり、その上にビニール袋がいくつか置かれている。ひとつの袋は透明で、黒い大きな物体が見えた。いや大きな物体というより、なにかがぎっしりと重なっている。

「あれ、香取さん、車にいるんすか？」

「そ。キッチンカーに。いってみれば厨房？」

岡と香取が続けて答えた。なるほど重なっている黒い物体は、丼の容器だろう。

「お仕事中だったんですか？　あ、あたしは阿久津麗子です。よろしくお願いします」

「どうもよろしく。えーと、仕事は終わってます。ご心配なく。その、店で仕込みをやってて遅くなって、家までの移動途中というか、うん」

「メシどうします？　俺たち今から食うけど」

　と、岡が言う。

「メシ？」

「麗子さんたちのリクエストで、みんなで同じものが食いたいって話だったから、香取さんにも渡しましたよね」

「あーあれ、そういう意味だったのか。ごめん、今、ない。……食った」

　麗子は、えー、と口をついて出そうになった。ゆいかも目を見開いている。

　とはいえ、同じものを食べて一体感を味わいたい、感想を語りあいたいというのは、自分のわがままだ。岡にも配達という手間をかけさせてしまった。

「じゃああたしたちが食べているところを、よだれ垂らして見っててください」

　とだけ言う。岡も、がははと笑った。

「香取さんはラーメン作って食べるってことで」

「一食だけ作るのは手間なんで、握り飯食ってるよ」

　そう言って、画面に黒いものを見せてくる。顔の半分以上ありそうな大きさだ。

「具材いろいろ盛り込み握り飯。うちの弁当や夜食の定番。なにが出てくるかは食べてのお楽しみ」

「チョコレートが出てきたことあります？」

ゆいかのツッコミに、香取がにやにやする。

「ないない。闇鍋じゃないって。ごく普通の具材ですよ。梅干しやタラコ、残り物の鶏の唐揚げ」

鶏の唐揚げを具にしたおむすびは普通じゃないでしょ、と思う麗子だ。もっとも海老の天ぷらを入れた天むすがあるのだから、どこかの地域では一般的なのかもしれない。

「チャーシューが入ったことはありますか？」

ゆいかがまた訊ねる。

「なかったねえ。でもチャーシュー丼って美味しいから、それもありだなあ」

「四人揃(そろ)ったので、一度乾杯しましょう。ビールがぬるくなっちゃう」

麗子が音頭を取った。ビール缶を掲げる。岡もビールを画面に出してきた。ゆいかはマグカップを持ちあげる。

「ビールか、うーん」

と言いながら画面から消えた香取に、車だからダメですよ、と岡が笑って応じている。香取が見せてきたのはお茶のペットボトルだった。

　ではさっそく、とビールで喉を潤した麗子は、ビリヤニにスプーンを入れた。ライタもミルチカサランも入れずに、まずは米の味をたしかめる。

　ビリヤニはチャーハンのようにも見えるが、炊きこんで作る米料理だ。肉や魚類、タマネギなどの野菜を炒め、クミン、コリアンダー、ターメリック、チリペッパー、ガラムマサラなどのスパイスに漬け込んだものと米を、複層にして炊く。ベースの味や香りを米に染みこませるのだ。使うのは細長い形のインディカ米。もとは宮廷料理だったらしく、高級米のバスマティならなおよいらしい。岡もそのバスマティライスを使うと言っていた。加えて、温め直してから上に散らすようにと、割ったカシューナッツ、赤タマネギのスライス、粗く刻んだ生のパクチーを添えてくれた。

　パラパラの米は、ひとつぶひとつぶ微妙に色が違っている。脂気はあまりなく、スプーンを入れて持ちあげると端からこぼれそう。

　おっとっと、と思いながらぱくり。食べるまえから漂っていた香ばしさが、鼻の奥からなおやってきた。ざっくり言えばカレー味。口の中が膨らむように辛い。その辛さを、カシューナッツや赤タマネギの食感と、パクチーの爽やかさがやわらげている。

「美味しーい。そしてやっぱり辛い。これ、ライタ入れたほうが、まろやかだよね」

「おすすめはそっちだね」

麗子の感想に、岡が応じる。ゆいかが、ひとくち食べてからおそるおそるライタの入った器を持ちあげている。慎重なゆいかのことだ、まずは少量から試してみるのだろう。ライタには、刻んだタマネギやきゅうりが入っているようだ。麗子もライタを入れ、交ぜながら食べてみる。ヨーグルトの酸味はそれほど強くなく、予想通り辛さが抑えられた。

「体験したことのない味。でも美味しいです。岡さん、ありがとう」

ゆいかがにっこりと笑う。

「どういたしまして、代金はもらってるんで。けどなんつうか、自分が作ったメシを食べてる人間をガン見するってのは、いいねぇ」

「いつもカウンター越しに見てるんじゃないの？」

麗子はビリヤニから鶏肉を掘りおこした。食べやすいようカットされている。モモ肉のようだが、炊いたせいだろう、適度に脂が抜けている。

「あ、チキンも美味しい。しっとりしてるね」

「ありがとう。カウンター越しにも見てはいるけど、今みたいにアップじゃないからな。細かな表情までわかるというのは、なかなかない体験だって」

岡は満足そうだ。

ナッツのカレー、ミルチカサランもかけてみる。辛いがまろやかでコクがあった。

「こちらも美味しいですよ。まずはアサリの佃煮が出てきました。好物なのでラッキーです。あ、食べかけですみません」

香取が握り飯を掲げてみせる。

「香取さんはラーメン店をやってるんですよね。どんなタイプのラーメンを？」

芸術家のような見かけからイメージするに、なにかこだわりを持っているんだろうか。そんなふうに思いながら、麗子は訊ねる。

「鶏ガラベースに魚介を足したあっさり系のスープです。麺は細めのストレート。塩ラーメンには海老の粉をちょっと足します。具は塩と醬油で変えていて、塩には基本、鶏を。醬油のほうはチャーシューですね」

「わー、好きなタイプ。どっちも食べてみたい」

麗子が手を叩く。ゆいかがにやりとした。

「わたしは塩ですね。ところでツケメンはないんですか？」

「へ？　やってないけど……。さっきもチャーシューがどうとか。好きなの？」

香取が不思議そうにしていた。麗子はゆいかを睨む。ゆいかのヤツ、そこから離れてよ。しかしゆいかは平然として言った。

「単なる興味です」

「でもちょっと意外だな。麗子さんはがつんとした背脂チャッチャ系か、二郎系のボリューミーなラーメンが好きかと思ってた。肉食系っていうかさ」

岡がからかってくる。

「そっちも食べるよー。でもあっさり系だったら、デザートまでいけちゃうじゃない」

「えー」

岡と香取が同時に驚いていた。ゆいかが呆れている。

「今、運動量が減ってるんだから、そんなに食べたら太るよ」

「カウンターだけの狭い店なんで、今は実店舗のほうはやってないんだ。でも落ち着いたら食べに来てくださいよ。デザートには近くにあるかき氷の美味しい甘味処を推薦しますね」

香取の言葉に、麗子はガッツポーズを作る。この人、ホスピタリティをよくわかっている。

「かき氷！　ほぼ水だから完璧！」

「水じゃないでしょ」

ゆいかはいっそうの呆れ顔だ。

「ところで、香取さんが受けている嫌がらせってどういうものなんですか？　そのことで相談があると聞いたんですが」

ゆいかがストレートに訊ねた。

「ああ、そうですね……。食事をしながらする話じゃないんだけど」

香取の声は重い。

「平気です。屋上からの飛び降りでも毒物混入でも」

そういえばそんな話もあったなあと、麗子は思いだす。物騒な話題につきあわされてきたものだ。

「どうしても無理ならスピーカーのボリュームを絞りますから」

麗子は肩をすくめた。オンラインならではの利点だ。とはいえ話の仕方や反応で、香取の性格が見えてくるだろう。そこを探りたい麗子としては、よほどでない限り絞るつもりはない。

「では失礼して。ゴミ、なんですよ」

眉をひそめながら、香取が言う。

「ゴミ？　玄関の外に汚物が置いてあるといったものですか」

ゆいかは表情も変えずに応じた。ハードルを下げるつもりなのか、驚くほどのことでもないのか。

「いえ、捨てられてる場所はゴミ置き場や駐車場の片隅、植栽の陰などなんですよ。うちの団地だけの話なんですが、そういったところに汁で汚れたままのラーメンの容器が、ぽいっと放置してあるんです。幸いにも残飯はないんだけど、それは猫かカラスが食べたのかもしれない」

残念そうな表情で、香取が視線を下げた。

「それって、住人のマナーの問題なのでは」

麗子の言葉に、ゆいかもうなずいている。

「その容器が香取さんのお店のものという証拠はあるんですか？」

「あります。自治会との約束で、シールを貼ることになったんです。こんなふうに」

香取が立ちあがり、背後の棚から黒い容器を持ってくる。やはり重ねられていたのは丼の容器だったようだ。それをカメラに近づける。『麺屋かとり』というラベルが見えた。

「俺んとこも同じように貼ってる。その場で出たゴミを責任持って処理してもらうため、ってことでな」

岡が口をはさんだ。

「つまりキッチンカーでは、持ち帰りのお弁当としてだけじゃなく、その場で食べることも想定して売っているんですね」

ゆいかが確認した。岡が先に口を開く。

「椅子とか出してないんで、メインはあくまで持ち帰り。だけど香取さんとこの団地は販売スペースのそばが公園で、そこで食べてゴミを捨てて帰る人が出たんだ。それが問題になって、自治会としては困ると。すぐに食べるなら販売者に容器を返すように、販売時にも念を押してくれ、って取り決めになったわけ。もちろん、家に持って帰る場合は自宅のゴミに出してもらうけどな。だから正直、すぐ食われるのは、こっちの手間がかかって面倒」

「だからって必ず自宅まで持っていってねとは言えないし、売り上げ的には助かっているから、その場で出たゴミはこっちで回収すべきだと思うよ」

香取がしみじみと言う。

「なのに、香取さんが売ったラーメンの容器が捨ててはいけないところに捨ててあった、ってわけ？　それやっぱり、香取さんじゃなく購入者側の問題じゃない。たしかに今、テイクアウトが多くなったせいでプラゴミが増えてるって話、あるけど。どこにでも捨てていいってものじゃないでしょ」

麗子は憤慨する。

「そうですね。わたしもマナーにうるさいつもりはないけれど、自動販売機のところにあるペットボトルと缶の回収箱にカップコーヒーの空き容器などが入れてあると、ムッとしてしまいます。あれはゴミ箱じゃなくてリサイクルボックスなんですよ。しかもあとで種類ごとに手作業で分けていて、だからペットボトルも缶も同じ箱で運用してるんです」

ゆいかが説明する。

「もちろん買った人の問題には違いない。けど、捨てられているのがうちの店の容器だけなんだよね」

「だから、香取さんに対する嫌がらせということなんですね」

香取の話に、ゆいかが納得の表情でうなずく。

「うん。心配なのが、ゴミ置き場の当番や見つけた人から自治会にクレームが入って問題視もされているから、これが続くとキッチンカー全体に白い目を向けられるかもしれないってことなんだ。うちのせいで、もういっさい販売しないでくれ、ってなっては困る」

「香取さんのせいじゃないっすよ。悪いのは嫌がらせをするヤツ」

岡が腕を組み、怖い顔になる。

「その顔でゴミ置き場を見張ってたら、牽制になったりしてー」

麗子が茶々を入れると、その顔が崩れた。

「そのかわり、不審者として通報される、ってなに言わせるんだよ。こら」

「まじめな話、ゴミ置き場などを見回ろうという案は自治会から出てないんですか？」

訊ねるゆいかに、香取が首を横に振る。

「出てないですね。こんな時期だし、手間なんでしょう。そんな手間をかけるぐらいなら販売をやめてもらったほうが早い、って流れにならないことを祈るばかりですよ」

「ゴミを捨てている人はひとりなのか、それとも複数でただマナーが悪いだけなのか、狙いは香取さんにあるのかキッチンカー販売全体なのか、整理したほうがよさそうですね。そのためには材料が足りないように思います」

ゆいかが重々しく告げた。

本格的に話がはじまるまえにと、麗子はビールと追加の料理の準備タイムを求めた。これも岡が用意してくれたポークビンダルーだ。カレー味の豚煮といったところだろうか。ビリヤニと同様に、複数のスパイスとショウガ、ニンニクを用い、一晩漬け込んだ肉をトマトで煮る。ごろんとした豚は、実に食べ応えがありそうだ。レンジで温めてくる。

「すっごくいい香り。いっそうビールが進みそう。岡さんありがとう」

「あー、それ美味(うま)そうだな」

麗子がカメラに見せたポークビンダルーを見て、香取が目を輝かせる。

「あれ？　ゆいかさんは持ってこなくていいの？」

岡が訊ねる。ゆいかはまだビリヤニを食べていた。

「わたしは明日にします。この時間から豚肉の塊はちょっと」

「じゃあ、岡さんとあたしのふたりで楽しみましょ。もう一回、かんぱーい」

麗子が缶をかかげると、岡も同じくかかげた。きくねー、とふたりで声を重ねる。

「うん、いい味。我ながらほれぼれするね」

岡が器を持ってがっついている。

麗子もスプーンを入れた。刺激あるスパイスが、弾けるように漂う。ポークの塊はスプーンに抵抗せず、あっさりと崩れた。そのひとかけらを口に運ぶ。香りが高く、トマトのせいか少しすっぱい。肉は予想通り、嚙むか嚙まないかのうちにほどけ、頭のてっぺんまで辛さを運んできた。

「辛いけど美味しい。岡さんの最近のブームはスパイスなんだ」

「流行りものには乗っからねえと」

口いっぱいに肉をほおばっているのか、もごもごとした返事が聞こえた。

「こちらは話を進めますか。でもどういうふうに整理すればいいんです？」

香取が問う。ゆいかが応じた。

「いくつか質問させてください。まず、起こったことを最初から伺えますか？　団地にキッチンカーを入れる話は、香取さんが持ってきたと聞きましたが、いつごろのことですか」

「そこからですか」

「どう商機を感じたのか、興味もあって」

「うちの店の客が減ったのと、休校になったせいで家での食事が多くなり困っている家庭が多いという話が同時進行で、三月ごろかなあ。そこで自治会に話をしてキッチンカーでの販売をしていいとなって、知人たちに声をかけたのが四月に入るか入らないか。そのあと口コミというかほかの団地からも来てくれと声がかかったのが、割と最近ですかね」

香取が考えながら答える。

はいはいはい、と岡が手をあげた。

「ちょっと補足。三月に、売り上げの減少とか、海外みたいにロックダウンになったらなおヤバい、みたいな話してたじゃないすか。で、香取さんから、俺みたいに移動販売の形でラーメン売りたいんだけどって相談があって。俺はでも、河岸にしてるオフィス街に人がいなくなってるからどうですかねえって答えて。そんとき、今、人がいるのは住宅街じゃね？　ってピンときて、俺たちすごくね？　って興奮してバタバタ動いたように覚えてるんすよねー」

「そうだった。パズルのピースがはまるみたいに、これいけるぞってなったんだよな」

香取と岡がうなずきあっている。

「ほかの団地からも声がかかるほど好評なのに、容器ゴミの放置という嫌がらせをされる、ということですね。誰かとトラブルはありませんか？」

ゆいかが訊ねる。

「ないですよ。あったら最初に疑ってるし」

「香取さんは、ラーメンの味もだけど人柄も穏やかで評判なんだ。俺たちの間じゃ、ジーザス香取って呼ぶヤツもいるぐらいだ。だから人の恨みを買うような――」

「ジーザス！　それ！」

岡の言葉を麗子が奪った。

「ジーザスってイエスのことでしょ。イエス・キリスト。あー、すっきりした。どこかで見たような気がしたんだよね、香取さんを」

「麗子さん、いろいろつっこみどころがあるんだけど、まず、見たようなもなにも」

「わかってるって。写真なんてないって言いたいんでしょ。各種イメージで描かれた絵の姿と比較してるの。ウェーブした長い髪に痩せて彫りの深い顔立ち、憂いのある目元、そんな感じじゃない？　これで髭があったらそっくりだよ」

「想像力で髭をつけくわえれば、まあ」

ゆいかが呆れている。

「まさにそのとおりなんだよ、麗子さん。香取さん、以前は髭があったの。ジーザス香取って呼び名はその風貌からきたわけ」

「ホントにー？　すごーい、あたし天才じゃない？　ねえ、ゆいか」

マウントを取ったような気分で、麗子が顎を上げる。ゆいかが笑いながら首肯した。

「麗子さんの男性を見る目はたしかだと認めましょう。ところで香取さん、なぜ髭を剃ったんですか？」

「まあ、キッチンカーでラーメンを売るには、むさくるしいかなと」

「そうそう、いきなり髭がなくなってて、俺たちもびっくりしたっすよ」

「長髪はいいんですか？」

ゆいかがつっこむ。

「以前から仕事中はうしろでひとつに結んでます。こんなふうに。清潔感も出るしちゃんとしてるでしょ」

そう言って香取が、実際に髪を結んだ。前髪からすべてオールバックになっている。

こっちのほうがずっといい、と麗子は思った。さっきまでとの落差もあって爽やかにさえ見える。

「なるほど。外見でうしろ指をさされるような雰囲気ではないですね」

ゆいかが確認するように言う。麗子は首を横に振った。

「外見でうしろ指なんて、そんなのひどい」

「見かけが気に入らない、なにかのときに発したひとことにムカついた、嫌がらせの動機としてはアリだよ」

ゆいかにそう言われると、と納得の気持ちも湧く麗子だ。グルメサイトのレビューを見ても、いちゃもんをつけているとしか思えない評価コメントがたまに載る。あれは店への評価ではなく、投稿者本人がストレスを発散したいだけなのだろう。

あ、と思いついて麗子も訊ねる。

「香取さん、グルメサイトに悪口は書かれてますか？」

「いや、特に」

「そっち方向の粘着はされてないんだ」

「ネットを使わない人か、直接嫌がらせをしたほうが効果があると思っている人か、どちらかということでしょうか」

ゆいかがまとめて、そのまま続けた。

「嫌がらせをされているとおっしゃるぐらいだから、容器ゴミの放置は一度ではないんですよね？　買わないと容器は手に入らないのだし」

「この二週間ほど、販売車を出した日は毎回やられてます。あ、その日のうちにではなく、見つかるのは翌日。早起きしてゴミ置き場や駐車場などから回収しています」

「そんなにですか。じゃあ常連のお客さんかもしれないですよね」

ゆいかが驚いている。麗子もびっくりだ。

「むしろファン並み」

「常連さん、何人かいらっしゃるんですが、そんなことをするようには思えないんですよ。ニコニコした顔の裏側で容器を捨てているとしたら、人間不信になります」

香取の顔が、いっそうの憂いに充ちる。ユダを探したくはないだろう。

「トラブった常連さんもいなかったっすよねえ」

岡の言葉に、香取がおおきくうなずく。

「逆恨みということもありますよ。たとえばライバル店の嫉妬。同じ団地に飲食店をやっている人はいませんか？　キッチンカーが来ることによって売り上げが減った小売店などは？」

ゆいかの質問に、うーん、と香取が考えこむ。

「同じ団地に住んでいる飲食店の人って言われても……知らないですね。それって、おまえだけいい目を見やがって、って類の嫉妬だよね。言ってくれれば一緒にやるのに」

「まじ、それな、っすよね。そういうひねくれたヤツが犯人だったら、俺、殴りますよ」

　岡が、左のてのひらに右手の拳をぶつけている。

「売り上げが減った小売店のほうも見当がつきませんね。近所のスーパーやコンビニは、相対的に多少減ってるのかもしれないけど」

「スーパーもコンビニも、どっちも今、嫌がらせをするほど暇じゃないんじゃない？」

　麗子は口をはさむ。消毒作業などで、それまで以上に手間はかかっているはずだ。

「香取さんのお店で、雇用のトラブルはありませんでしたか？」

　ゆいかが質問を続ける。

「雇ってる人はいないんで」

「なるほど。ではお店とは関係なく、ご近所トラブルは？」

　香取がしばし考えこんだ。

「うーん、ないと思うけどなあ。それにご近所さんはさほどの常連客ではないですよ。一、二度ぐらいは買ってくれたけど」

「ご近所トラブルは、なかなか言えないってこともありますよ。特に音に関することは。足音がうるさい、夜中に立てる物音が壁から響くなど、なにか覚えてないですか？」

たしかに、と麗子もうなずく。ステイホームのせいで、いつもならいない時間の音が気になる。

「一階なんで足音は響かないはずです。しかも角部屋なので、壁から響くとしたら一軒だけ。そこは今も昼に働きに出ている人で、常連ではないです」

「そうですか。……考えに入れたくなかったんですが、常連でなくても、複数の方が結託すれば容器は集まります。ただ香取さんのお人柄からみると、そう多くの人から敵視されているとは思えない。失礼ですが、キッチンカー仲間のなかで香取さんのお店の人気がずば抜けているといったことは」

「ちょっと待て！　待った！　それは聞き捨てならない」

岡が画面にぐいっと寄った。

「疑って申し訳ないのですが、一応。ゴミとなった容器を手に入れやすくもありますし」

「一応も仁王もねえぞ。香取さんのお陰で俺らはあの団地にキッチンカーを入れてもらったんだ。そこから口コミで広がって、ほかのとこにも行くことになった。いくらゆいかさんでも、変なこと言わないでくれ」

岡が、まさに仁王像のように怖い顔で怒っていた。背後の仏像と相まって、一層の迫力がある。

岡の激怒に画面越しでもビビった麗子だが、ゆいかは冷静な顔を崩さない。

「失礼しました。ではその線はナシで。……なかなかの難題ですね。人から探ることは難しそうです。ひとりか複数かはわからないけれど、そこまでしつこいなら狙いが香取さんにあるのはあきらか。キッチンカー全体に対する攻撃だったら、ほかのお店の容器ゴミも出されているでしょうしね」

「そうですね。キッチンカー仲間への疑いの線も消えたということでいいですね」

責めもせず、岡に同調もせず、香取は穏やかな表情でゆいかにだけ応じていた。

大人だ、と麗子は感じ入った。

岡が敬語を使っているところからみて、彼より年上だとは思っていた。画面越しなのではっきりとはわからないが、三十代半ばあたりだろうか。精神的にも成熟している。この人、いい感じだ。リアルで会ってみたい。あとでキッチンカーを出している場所を聞こう。

久しぶりに、麗子の心も弾む。

「で、人から探れないとなったら、今度はどうするんだ？」

岡が、まだ睨むような表情のまま訊ねる。

「場所、現場の状況ですね。香取さんがチェックしてるとはいえ、駐車場の片隅や植栽の陰にまで置かれているなら、回収漏れもありますよね。団地の自治会はどう対処しているんですか？　見回りはないとのことですが、ゴミを捨てないようにという注意喚起は？」

「張り紙で注意をしました。見ない人は見ないでしょうが」

ゆいかの問いに香取が答える。ゆいかが再び口を開く。

「防犯カメラはどこかについてます？　チェックはさせてもらいました？」

「カメラはすべての棟のエレベーターとエントランス、非常階段の下についてますね。ただそれは、外から変な人が入らないようにするための監視って感じかな。チェックは自治会が行っていて、結果だけ聞きましたが、手掛かりはなかったそうです」

「怪しげな行動を取る人は映ってなかったということですね？」

「ええ。防水性の鞄（かばん）でも持っていて、そのなかに容器ゴミを入れればわからないだろうけど」

「鞄って、ウーバーイーツの人が持ってるリュックのようなもの？　あ、敵はそういう人に変装してるとか」

麗子は口をはさむ。

「私もそのあたりが気になったので訊ねてみたんですよ。配達員の姿は映っていたけど、容器ゴミを捨てられた日と一致してないとのことでした」

「建物は、一階の住人もエントランスを通るつくりですか？」

ゆいかが細かく確認している。

「ええ。通ります。あ、入り口にオートロックはついてないけど」

「ゴミ置き場に防犯カメラはありますか？」

「ありません。悪いことをする人を想定してないんでしょう。でもつけたほうがいいのではという声が出たそうです。外からやってきて不法投棄をしていく可能性が、なくもない時代だから」

「そういった外からの侵入、つまり団地の出入り口に防犯カメラはありますか？」

「一応ありますよ。それも不審者対応だから、団地への道を撮ってる感じで。ただ徒歩や自転車なら気づけるけど、車で持ってこられたらアウトですね」

「でも香取さん、外からどう持ちこむんすか？　容器にシールを貼ってるの、香取さんとこの団地だけっすよ」

岡が横から問いかける。

「シールだけ資源ゴミの日に置き場から集めておく……のは実質無理か。捨てるのは一瞬でも、集めるのは目立つ」

香取は答えの途中で苦笑していた。

「そうすると、犯人は団地内の人間に限られますね」

「限るっていっても、数百世帯は住んでますよ。そのなかで誰の恨みを買ったのか、まるでわからない」

香取は大きなため息をついた。そんなにいるんだ、と麗子は感心する。そりゃあ、近所のスーパーやコンビニからすぐに食べ物が消えるだろう。

「リモートワークのせいで自宅での仕事が推奨されて、かなりの人が団地にいるんでしょうね。十数戸程度のとこにいるあたしでも息苦しいくらいなのに、きつそう」

「ずっと家にいるせいで、ちょっとしたことが気になる人もいるでしょうね。公園で遊ぶ子供の笑い声や、私たちが販売しているときに集まってくる人の話し声など、家で仕事をしている人にとっては邪魔かもしれません。そういうのが動機なのかなあ」

「数百世帯の全員に犯行が可能なわけじゃないですよ。不可能な人を除外していけば――」

ゆいかがしゃべっている最中に、物を叩(たた)くような鈍い音がノートパソコンを通じて聞こえた。

「あ、す、すみません」

香取が横を向いたと思えば急に立ちあがり、カメラの前から消えた。

「え？　どうしたの。香取さーん」

麗子の問いかけに、ゆいかは、しっ、と言いながら人さし指を唇に当てる。

「なにか言ってる」

香取のカメラは背後の棚しか映していないが、声が聞こえてきた。

「……はいすみません。……あ、いやちょっと用があって……あ、はい。はい……」

相手の声は聞こえない。画面の向こう、岡も眉をひそめて息を殺している。

「……はい、そうですね。……そういうんじゃないけど………早めに戻りますので
……わかりました」

なにかを閉める音がした。車のドアだろうか。と、香取がすぐに戻ってくる。

「ごめんね。ちょっと声をかけられてしまって」

笑顔で謝っていた。

「どうされたんですか？」

「警察？」

ゆいかと岡の声が、少しずれながらも重なった。

照れたように、香取が顔をくしゃっとゆがめる。

「うん、そう警察。怪しいよね、そりゃ。ずっと車が停まっているんだから。でも早めに帰るって伝えたら納得してくれた」

「よかった。ていうか職質ったって悪いことしてないんだから無視っすよ。車ん中でオンライン会議やってるだけなんすから」

岡は口をへの字に曲げている。

「そうですか、警察から声を」

ゆいかが、じっと画面を見つめる。

「……あの、なにか」

不安そうに、香取がその視線を受け止めた。――ように麗子には見える。自分も含めて全員が正面を向き、画面をずっと見続けている。

ふっ、とゆいかが口元をほころばせた。

「香取さん、嘘はダメですよ。わたし、騙されませんから」

「えっと、なにが、嘘って、私、なにも」

「警察じゃないですよね、今の人」

「え？」

「警察官からの職務質問なら、身分証明書の提示を求められます。香取さんは車に乗っているのだから、免許証を見せて、ぐらいのことは言われるはず。相手の声は聞こえませんでしたが、香取さんの応対は聞こえていました。でも、免許証に関するやりとりはなかった」

「……えええっと」

「おかげで、ほかの嘘にも気づけました」

「ほかの嘘？　どういうこと？　香取さん？」

麗子は混乱して画面上の香取を見つめる。香取は静止画のように動かない。岡も口を半開きにしている。

動いたのはゆいかだけだった。満足そうに、顎をあげながら言う。

「すべての構図が、見えました」

香取はまだ固まったままだ。回線が悪いのか、それとも答えに詰まっているのか。

麗子は首をひねる。警察の職務質問ではないと指摘したゆいかの話には納得できたけれど、香取はほかにも嘘をついていたのだろうか。それとも、ひとつ嘘をつかれるとすべてが疑わしく見えてくると、そういう意味なんだろうか。悪い人には見えない、むしろいい人そうなのに。

「ゆいか、ほかの嘘ってなに？　どの部分が嘘？」

「容器ゴミを、住んでいる団地のあちこちに捨てられて困っているというのは本当だと思う。ですよね？　香取さん」

それを聞いて、香取が操り人形のようにこくんとうなずく。回線の問題ではなかったようだ。

「そりゃそうでしょ。そこから話がはじまったんだもん。だから岡さんがオンライン合コンに応じたわけで」

麗子に話をふられた岡が、背筋を伸ばした。

「おう。俺らキッチンカー仲間にも影響するかもしれないから、俺は心配してだな」

ゆいかがゆったりとうなずく。

「いつごろから、またどのぐらいの頻度で容器ゴミが捨てられているか、防犯カメラには犯人の手掛かりがない、誰かに恨まれる覚えはない、そのあたりも本当だと思います。犯人の目星がつかず、対応が取れなくて、ヒントを与えてくれそうな人を探していた、というのも。警察沙汰にするほどではない、ううん、下手に騒いで問題化してしまうと団地からキッチンカーが排除されてしまう。もしも声の大きな人が犯人だったら自治会が尻込みする、実際、事を荒立てたくないとばかりに、必要最小限のことしかしてくれていない、そんな雰囲気も感じました。そんなとき、岡さんがわたしのことを思いだした」

ああ、と岡が拳を握る。

「そうだ。楢崎のこともあったたし、頼れるかなあと」

「怒らないんですか？」

「えっ？　なにをだ？」

くすりと小さく、ゆいかが笑う。

「キッチンカー仲間に犯人がいる可能性もあると言ったときは激怒したのに、香取さんを嘘つき呼ばわりしているにもかかわらず、怒らないのはなぜですか」

ぐえ、と蛙のような声を出したまま、岡も固まる。

「え？　え？　それって、岡さんも香取さんの嘘を知ってたってこと？　ちょっと、わけがわからない。岡さん！」

麗子は画面に向かって吼える。ゆいかが声を立てて笑った。

「岡さんを責めるのはあとにしましょう。まずは容器ゴミを捨てている犯人に迫らないと。早めに戻らないと、また香取さんが外のどなたかから声をかけられてしまう。

ですよね」

「それは、ええっと、適当にごまかすから、だいじょうぶ。……です」

香取が頭を下げる。

待って、と麗子がカメラに手をかざした。

「わけがわからないけど、ちょっと待って。頭を冷やしたい。その時間、ある？　ゆいか、岡さんが届けてくれたアイスクリームで一息入れよう。糖分も欲しい」

「この時間から糖分？」

呆れたようにゆいかが見てくる。

「脳の栄養！　頭が働かないの。ゆいかもひとくち食べたら人に優しくなれるよ」

「優しくないかな、わたし」

「ふたりとも嘘つきだって責めるつもりでしょ？」

「責めないよ。責めるメリットないもの。わたしは真相にたどり着きたいだけ」

とにかく、と言って麗子は席を立った。冷蔵庫から小さな器を持ってくる。牛乳を煮詰めて凍らせたクルフィだ。インドの伝統的なアイスクリームで、いろいろな風味のものが作られているが、これはピスタチオ入りとのことだ。

ゆいかも画面から消えていた。しばらくして、器とともに戻ってくる。

「ちょっとだけ食べることにした。味をたしかめたくて。……でもこれ、硬い」

「卵を使わないこともあって乳脂肪分が濃いから、普通のアイスより硬くなるんだ」

岡が解説する。

麗子もスプーンを入れてみたが、表面を削るぐらいしかできない。以前、新幹線で買って食べたアイスクリーム並みに硬い。たしか、シンカンセンスゴイカタイアイス、なんて異名がついていた。あれも乳脂肪分の割合が高かったはずだ。融けるまでしばらく待ってから食べたっけ。そんなことを思いだしながら削ったわずかなかけらを口に入れると、優しい味が広がった。甘い牛乳に、カルダモンとピスタチオの風味が心地よい。

「やっぱり硬いね。少し融けてから食べることにする。香取さん、このデザートももう食べたんですか」

ゆいかが香取に話を振る。

「あ、あーっと、そうだね、硬かったね。美味しかったけど」

「どのくらい置いておいたら、スプーンが入るようになりました？」

「え、どうだったろう、覚えてない」

「よく時間がありましたね。わたしが香取さんだったら、仕込みもあるし、オンラインの約束もあるし、面倒だからまた今度、と考えて冷蔵庫に戻すところですが」

ゆいかの指摘に、香取がまた固まる。

「いろいろと、香取さんのお話や反応には疑問があったんですよね。なぜ小さな嘘をつくのだろう、不自然なところがあるのだろう、と。まずはこの、岡さんが用意してくれたお料理です。香取さん、ビリヤニもポークビンダルーもクルフィも、食べてませんよね」

え、と麗子は目を見開いた。岡も驚いているので、これは彼も知らなかったのだろう。

「い、いや食べたよ、食べた。美味しかった」

「でも香取さんは、麗子さんたちがポークビンダルーを食べはじめたときにこうおっしゃいましたよ、『あー、それ美味そうだな』って。すでに食べた人が言うセリフじゃありません」

ああ、たしかにそう言っていた、と麗子も思いだす。

「それはその……」

「なによりも、香取さんは仕込みをしていたとのこと。それがチャーシューなのか、鶏ガラと魚介系という繊細なスープなのかはわかりませんが、スパイスの強い刺激ある食べ物を口に入れるでしょうか」

「食べたのは、仕込みを終えたあとじゃね？」

岡が口をはさむ。

「約束の時間に間に合わなさそうなのに、店でわざわざ食べますか？　さらに、食べていないならまだだと言えばいいだけなのに、すでに食べたと言ったのはなぜなんでしょう。とまあ最初から、どこか変だなと思っていたわけです」

香取は黙っている。食べていないとされたことを否定する材料がないようだ。

「全然わからない」

麗子が首をひねる。ゆいかが人さし指を立てた。

「まだだと答えると、じゃあ家に帰るまでわたしたちも食べずに待ってるよ、という返事をされる可能性があったからです。香取さんは家からアクセスしたくなかった。車からネットにつなぎたかった」

「待って。だったら店からアクセスしてもいいはずじゃ」

麗子が訊ねる。

「わたしもそれが不思議でした。そこでさっきの、どなたかからの呼びかけです。警察じゃなかったと、それはみなさん、いいですよね。でも通りすがりの人が、車にいる人にいきなり呼びかけるでしょうか。香取さんも、すみませんとか早めに戻りますといった返事をするでしょうか。呼びかけてきたのは、同じ団地の住人か自治会の人ではないでしょうか。またさっき、声をかけられても適当にごまかすからだいじょうぶと答えたのも、それが理由です。でもわたしたちに、誰から声をかけられたのかを説明するわけにはいかなかった。幸い岡さんから警察という言葉が出たので、渡りに船と乗ったんです」

「ってことは、ゆいか。香取さんって、今？」

「団地の駐車場にいる。すでに家まで帰っていたんです」

ゆいかの説明の途中から、香取は頭をかかえていた。当たっているようだ。

「ではなぜ家に帰ったのにまた車に戻ったのか。そこであの具材いろいろ盛り込みの握り飯、おむすびです。なにが出てくるかは食べてのお楽しみとのこと。でもそれを楽しむのって、食べる人？　見ているわたしたち？　疑問を持ったので、チョコレートが出てきたことがあるかと訊ねました。香取さんが作ったのなら、入れないよ、と答えますよね。けれど香取さんの答えは、ない、でした。そして闇鍋に例えました。闇鍋は、誰が何を入れたかわからないものです。だとしたら、楽しむのは食べる人である香取さんです。とはいえ、入れた具はわかっているけど、かじった場所によってなにが出るかわからない、という意味で言ったのかもしれない。だから念押しで、チャーシューが入ったことがあるかを訊ねました。答えは、なかった、です。入れたことはない、ではない。つまり作ったのは香取さんじゃない。別の人」

誰なんだろう、と麗子は考え、誰であるかが問題ではないのだと気がついた。

「ひとり暮らしじゃないいんだ、香取さん」

だから車からアクセスをした。そういうことだ。

「……はい」

「最初に岡さんから、団地でキッチンカーの出店をしていると言われたとき、家族で住む人の多い団地のように感じたので、気になってはいたんですよね。昼間の住人が多くなって食事やおやつに苦労しているという話が、誰からどう香取さんに伝わったのかということも含めて。では香取さんは誰と住んでいるのか。隠しておきたいのは誰なのか。たとえばご両親、またはそのどちらかならどうでしょう。老親がいると婚活に不利という考え方もありますが、それは具体的な話が進んでからのこと。となると——」

「すみません！」

香取の声が、ゆいかを止めた。

「妻と息子の三人暮らしです。握り飯を作ったのは妻です。家からだと怪しまれそうなので、店に行ってくるって言って、車に逃げ込んできました。握り飯は夜食代わりにって、妻がちゃちゃちゃっと結んでくれて」

妻？　この人結婚してるの？　と麗子は画面を睨みつける。

「香取さんは悪くない！　俺が持ちかけたんだ」

岡の大声がパソコンを震わせる。

「どういうこと？　岡さん」

険しい目のまま、麗子は岡に訊ねる。

「だって麗子さん、合コン相手を探していただろ。独身だと言えば、相談に乗ってくれるんじゃねえかなと」

「だったらあたし関係なく、ゆいかに直接頼めばいいじゃない。ゆいかがＯＫすれば、連絡先ぐらい教えたよ」

「断られるかもしれないと思ったし、興味がないって二の次にされるかもしれないだろ。早く解決したかったんだ。それにさ……」

「それに？」

「俺もちょっとは華やいだ気分になりたかったんだよ。仕事は好きだし、綱渡りながらやっとなんとかなってきたけど、このご時世、仕事以外はなにもない状態だ。麗子さんの言った気晴らしの飲み会、息抜き、最初に忙しいってばしっと断った手前、やっぱいいねえ、なんて言いづらくて。女の子が俺のメシ食って笑顔になってくれるなんて最高じゃねーか、なんて下心も正直あった。悪かった！　ホントに！」

岡が頭を下げた。卵のようにつるんとしたスキンヘッドが見える。

「単純に合コンがしたかった、と。岡さんは。香取さんのほうはいかがですか」

ゆいかが静かな笑顔で問いかけた。

香取が身を固くしている。

「そういう気持ちがゼロでは……ないです。すみません。ただ、嫌がらせを解決してもらいたいというのは本当で、そっちの気持ちのほうがずっとずっと大きいんです。……大変、失礼しました」

香取も頭を下げた。スキンヘッドとオールバック、ふたつの頭が画面上に並んだ。

顔を向けているのはゆいかと麗子だけ。互いの表情をたしかめる。

最悪の嘘じゃん。許せない、と睨みつけながらゆいかに問う。

「どうする？」

「麗子さんが怒って会議を退出しても続行するよ。なかなか興味深い謎だもん。アタリもついてるし」

そうだった。ゆいかはそういうヤツだ。合コン相手が既婚者だろうとなんだろうと、気にもならないのだろう。欲しいのはカレではないからだ。

ふう、と麗子はため息をつき、恨みがましい目で画面を見る。

「……アタリ、ついたんですか？」

おずおずと、香取が顔を上げていた。

「はい。犯人は団地の中にいる人、そのなかで防犯カメラに映らない部屋に住んでいる人。まずはそこまで絞りこめます」

「防犯カメラに映らない部屋？　エントランスにも非常階段の下にもついているんですよ。どうやったって映りますよ」

香取が不思議そうにする。

「一階はどうですか？」

「エントランスを通らないと外には出られない、って話したかと思うんだけど」

「ベランダから出入りするんです」

あ、と香取は驚いた顔になり、しかし首をひねった。

「闇に乗じてということですかね。でも一度や二度ならともかく、何度もですよ。一階とはいえ柵を乗り越えるのだから、普通、誰かに見咎（みとが）められますよ」

「見られても、咎められない人がいますよ」

「えー？　そんな人いる？」

　と質問した麗子は、いやいやいや、と首を横に振る。なにを反応しているのだ。あたしは怒りを持続させなくては。

　ゆいかがそのようすを見て笑っている。

「私もわかりません。誰ですか」

　香取が訊ねる。いつの間にか顔を上げていた岡も、わからないとばかりに両のてのひらを上に向けて肩をすくめる。

　ゆいかが小さくうなずいた。

「子供です。子供なら、軽く注意されることはあっても、呆れられるかスルーでしょう」

「ガキのイタズラってことか？　でもどうして香取さんのとこだけ」

　岡の言葉に、香取が考えこんでいる。ゆいかが声をかけた。

「香取さん、息子さんはおいくつですか？　小学生か中学生ぐらいじゃないですか」

「え？　ええ。中学に入ったばかりで」

中学生？　ずいぶん大きい。といっても入ったばかりなら十二歳か。三十半ばで結婚が早ければ、十二歳の子がいてもおかしくない。

「休校中ですよね。ずっと家にいるんですか？　遊び友達はいますか」

ゆいかが問う。

「団地の友達が。小学校も同じでそのまま中学に。持ち上がりみたいなものだから、友人関係は変わらないはず……。あの、誰かが息子をいじめるためにやったことだと？」

不安そうに、香取が訊ねてくる。

「その兆候はありますか？」

「……いや、わからない……。うちの店、雇ってる人がいないっていうのは、妻とふたりでやっているからで。でも今、妻の手が要らなくなったうえに収入が減って、パートに出てるんですよ。ドラッグストアに。けっこう忙しくて、ふたりとも息子の話を聞けていない自覚はあります。息子も内気であまりしゃべるタイプじゃないので、なにも言わなくて」

「一階に住んでるヤツが犯人なんだろ？　絞りこんでいけばそいつが見つかるんじゃ

ないか？」

岡が口をはさむ。またもや左のてのひらに右手の拳をぶつけていた。見つけたら、子供といえども容赦なさそうだ。

「息子さんをいじめるために香取さんのお店の容器ゴミを捨てる、けっこうハードルの高い嫌がらせです。息子さんに対して直接なにかをするなら、悪ふざけという言い訳もできるけれど、大人を巻きこんでおいて冗談だったでは済まされない」

「まあ……済ますつもりはないですね」

「わたしは、息子さん自身が容器ゴミを捨てていたのではと思います」

ゆいかが告げた。

「息子が？　そんなバカな」

「香取さんの家は一階ですよね。足音の響きについてお話したときにうかがいました。角部屋だから目立ちにくくもある。容器ゴミも手に入りやすい。汚れについては残飯そのものはなかったということなので、汁で汚して見せかけることはできる」

香取が、はっきりと首を横に振る。

「できるかできないかで言えば、息子にはできるでしょう。でもどうしてそんなことを。じゅうぶん分別のある歳だ」

「自分たちの住んでいる団地で香取さんにラーメンの販売をしてもらいたくないから、だと思います。その理由は、香取さん自身がまず口に出した、誰かが息子さんをいじめているのではという、まだ芽のような、ヤバそうだなという空気です。香取さん、なぜ髭を剃ったんですか？」

「髭？」

「はい。髪も髭も、短かかったり剃ったりしている人はその状態が当然と思ってそうしているけれど、伸ばすなり生やしておくなりするのは理由あってのことですよね。飲食業だから不精でやってるわけではないでしょう。好きだとか似合うなどといったポリシーがあって生やしている髭を、わざわざ剃った、キッチンカーで営業をするタイミングで。それはなぜなんでしょう」

「そりゃまあ、言われたからですよ。息子にも妻にも。胡散臭そうに見えるからって。髪はなんとか抵抗しました。いつもうしろで結んでるんだし、目立たないだろって」

「胡散臭そうに見えるというのが、まさにヤバそうな空気です。息子さんの友達のお父さんは、いわゆるサラリーマンが多いのかもしれませんね。ネクタイにスーツの人。リモートワークで在宅なのか外での勤務かわからないけれど、ネクタイにスーツの人。または仕事がなくなって困っているのかもしれない。そんなとき仲間と一緒にやってきたキッチンカーのお父さん。ほかのお父さんとは違う異質な雰囲気です。もしくはこの状況を利用して稼いでいるように見える。ひねくれた見方をすれば、ずるく感じられる」

ゆいかが香取に語りかける。

「ずるいってのは、わからなくもないな。うちは以前からキッチンカーをやってたけど、そのルートがあるから困らなくていいねって嫌みを言ってくるヤツはいる。いくらでもノウハウ教えますよって言い返すけどさ」

と岡。

「ほかの子たちと違う、それがいじめの芽になることがあります。異質を排除するという理由で」

「同調圧力だね。でも、ホントにこれで正解なの？」

麗子は訊ねる。

ゆいかがにっこりと笑った。

「正解かどうかは、香取さんならすぐわかること。訊ねてみてはどうですか？　甘いクルフィを一緒に食べながら。……ああこれ、いい感じに融けてきましたね」

ゆいかがクルフィの器をカメラにかざす。麗子の手元のクルフィも、スプーンがすっと入った。

香取が肩をすくめて笑った。

「冷蔵庫にまだ入ってます。すでに食べられていなければ」

でも正解だったとしたら、香取はどうすればいいんだろう。麗子はそう思ったが、口には出さなかった。まだ怒っているのだ。心配してやる筋合いはない。

☆

「岡さんから毎日メッセージがくるんだけどさあ、ごめんなさいごめんなさいって、正直うっとうしい」

麗子は、スマホの向こうにいるゆいかに話した。ずいぶん長く、直接会えていない。経理部も人事部も交代で出社する日はあるが、なかなか重ならないのだ。

「許すって言うまでずっとくるんじゃない？」

ゆいかが声に笑いを含ませている。

「謝罪すれば許されると考えてるところから甘えだってーの。許すかどうかはあたしが決める」

「わかるけど、そんなに許せない？　既婚者が合コンに入りこむという話、たまに聞くよ」

「許せないのはそこじゃない。嘘をつかせたところ。あと、腹が立ったから冷凍しておいたカレーを全部捨ててやろうと思ったのに、できないところ。もったいないの。美味しいは美味しいの。悔しい！」

ゆいかの笑い声が高くなった。

「食べ終わるころには許してると思う。それより、香取さんはどうなったの」

「香取さんが住んでいる団地での販売は、いったん休止だって。つまり、正解だった」

「正解という自信は持ってたけど、息子さんへのいじめ、そんなに深刻な状況になってたの？」

うーん、と麗子はうなる。

「話を聞いてる限りは、そこまでじゃないみたい。同級生や上級生といった小さいころからの遊び仲間の男の子に、あれがおまえの親父かよ威厳ねえな、とか、もっとパンチのあるラーメン食わせろよ、とか、からかわれたらしい。直接手を出されることはなかったし、仲間外れにもなってないようだけど」

「じゅうぶんひどいでしょ。そんなこと言われたら傷つく」

「ただ、容器ゴミを捨てたのは事実だから、息子さんと一緒に自治会に謝りにいったそうだよ。そしたら提案されたんだって。いじめがエスカレートするといけないから販売を中止したらどうかと。それで、息子さんとも話しあって休止」

ゆいかの小さなため息が聞こえた。

「なんか、もやもやするね。解決になってない」

「でしょー。面倒が起きると困る、だから消えてくれ、って言ってるようなもんじゃん」

「じゃあ岡さんやほかの人の販売車も撤退？」

「ううん。香取さんだけ。そこで岡さんたちは署名作戦に出ることにしたんだって。麺屋かとりが事情により販売を休止中、再開を希望の方は署名を、って。かなり集まってきてるらしい。ああ、香取さん自身は、別の団地での販売を増やしてるから、売り上げへの打撃はほぼないみたいだよ」

「早く再開できるといいけど、問題はそこじゃないよね。息子さんのほうだよね。からかいだかいじめだかが止まないと」

「それはすぐに解決する問題じゃないけど、言われたらそのときに言い返す、都度親に報告する、などで地道に対応するって。岡さんは、バカにしたヤツを連れてこい、俺が性根を叩き直す、なんて威勢のいいことをメッセージに書いてたけど、逆にこじれるよね」

「激辛カレーを食べさせるぐらいがちょうどいいかも」

それいい、提案してみよう、と思った麗子は、すでに罔を許していることに気づいた。悔しい。この悔しさをどこにぶつけるべきか。いや、ひとつしかない。

「あーもう、絶対今度こそ、ちゃんと合コンをするんだ！　オンラインでも直接でもいいから」

「いきなりだね」

とゆいかは答えたけれど、話の転換に戸惑ってはいないようだ。いつもながら見透かされている。

「探すから。時間をかけてでも見つけるから、そのときは絶対つきあってよ。謎がなくても応じること」

はいはい、と気のない返事がやってきた。

「言質（げんち）取ったよ。リベンジするからね！」

天の光は希望の星

まさかこんなにも長い間、普通の合コンができなくなるとは。

ひとり外食はした。オンラインでの合コンもやった。会社はリモートワーク推奨で、緊急事態宣言やその解除に振り回される形で出勤者数を減らしたり増やしたり。鶴谷部長は職員の安全が第一だと、出社率の交渉を何度も上としていたようだ。

阿久津麗子は当時を振り返る。麗子が所属する経理部や、天野ゆいかのいる人事部はそういった方針に従うことができたが、なにしろ大仏ホームは建設会社だ。現場というものがある。感染対策をしつつも、今までどおりの働き方を続ける社員はいた。どうしても濃淡はできる。

日が経つにつれ、みな、だんだんと慣れてきた。マスク生活はうっとうしいが、受け入れるしかない。今年の夏も暑くて、蒸れとの闘いだ。

そうやって耐えているうちに、接種希望者にワクチンが行き渡り、ようやく感染者が減った。今が波と波の間にいるのか、このまま季節性の感染症の一種になる過程なのか、誰にもわからない。でも未知と平岡も感染者減のタイミングで、家族だけとはいえ祖父母も列席して結婚式を挙げたことだし、今なら、そう少人数なら、ふだん行動を共にしていない人と食事をしてもいいんじゃない？

「オンラインでじゅうぶん」

ゆいかがそっけなく言う。お手本ビデオで紹介しているように爪の先から手首まで泡立てて手洗いするさまを、麗子は感心する思いで見つめていた。

「全然違うよー。最適な温度で供される料理、空になった皿を下げるタイミング、そういった細やかな気配りがさ。飲食業ってサービスのプロだよね。離れてみて実感するありがたみっていうか、そういうの味わいたいじゃん？」

化粧室の鏡ごしに、麗子は訴える。最近は出社する頻度が増えているので、会社で会うことも多いふたりだ。

「ひとり外食でも味わえるでしょ」

「美味（おい）しいものを食べたら、誰かと共有したくなるものだよね。感動をわかちあいたいと思わない？」

「ふだん行動を共にしてる人でもわかちあえる」

じゃあね、とばかりに化粧室から出ていこうとするゆいかの背に、麗子は呼びかける。

「刑事さんとの合コンだったら来る？」

ぴたりと、ゆいかの足が止まった。ゆっくりと振り向く。

「刑事、さん？」

「そ。ゆいかなら気になるかなーと思って、お近づきになってみた」

「どうやって」

心なしか、ゆいかの声が震えている。

「普通に、友達の友達の友達の、って紹介されてＳＮＳでつながった結果だよ。ランチ合コン、セッティングするね。今までみたいに、プラス一時間の時間有休でいいよね」

麗子は早口で告げた。ゆいかに考える暇を与えてはいけない。

「二酸化炭素モニター設置で、換気に検温、消毒と、感染対策ばっちりな店を選ぶから。個別にセイロを分けてもらえる点心なんてどう？　じゃ、よろしく」

☆

「はじめまして。猿渡刑事といいます」

先に着いていた男性ふたりが席から立ちあがり、回りこんできた。スーツを着たほうが軽く頭を下げ、物産会社の名刺をゆいかに差し出す。

瞬間、ゆいかの目が大きく見開かれた。そのまま顔だけを麗子に向ける。マスクの下で見えないが、口元はへの字に曲がっていることだろう。

「……そういうこと？」

確認してくる声も低い。

「なかなか珍しいお名前じゃない。あたし、人生でその名前に接するのは二度目。ぜひゆいかにも紹介したくて」

「一度目はフィギュアスケートの選手だね。……その選手の名前なら知っていたのに、どうしてこんな古典的なトリックに」

フィギュアスケートの田中刑事選手を認知していることと、どうしてそれがトリックという扱いなのか、結びつきのわからない麗子だ。

「ウケていただいて嬉しいです。この名前、田中選手のおかげでいいとっかかりになって営業的に助かっているんですよ。子供のころはからかわれて嫌だったんですけどね」

猿渡が上着を脱いで腕にひっかけた。暑いのか、わずかながら額に汗を浮かべている。それでも爽やかに見えるのは、ストライプのワイシャツが似合っているからかもしれない。歳は同年代、精悍な印象で、髪は短めのツーブロック。

冷房が入り、扇風機まで回っているが、店は入り口も窓も全開だ。扉や窓と窓の間にほどこされた幾何学模様の中華格子の向こう、外の熱気は入り放題となっている。こういった換気も、いつしか通常のこととなった。麗子が予約した席は窓際のため、冷房の効きはさらに悪い。

天井は高く、開放感がある。麗子たちの窓際のテーブルから一段下がったところがホール状になっていて、それを眺める位置だ。テーブルの数は少なく、空間も多い。麗子が以前に来店したときは、もっと詰まっていたように思うので、これも感染対策だろう。席はそこそこ埋まっていて、若年層が多い。

「そしてこちらが大学時代からの友人の保志で……、おい、保志。もうちょっとしゃきっとしろよ。見とれてたのか？」

「あ、すみません。保志太一郎と申します。名刺は、こういうのしかないんですが」

もう一方の男性が、ＱＲコードを載せた名刺を出してくる。肩書きに照明デザイナーとあった。

「照明デザイナー？」

ゆいかが不思議そうにつぶやく。

「かっこよく表現してるだけです。オリジナルで照明器具を作ってる、ぐらいのイメージでじゅうぶんです」

恥ずかしそうに説明する保志は、麻のシャツにスリムな黒のパンツというラフな服装だ。猿渡の恰好とは一八〇度違っている。

「猿渡さん、面白い友人を連れていきますとメッセージにあったから、どういうご友人かと思ってました」

麗子の言葉に、猿渡が目を細めて笑った。

「funny ではなく interesting のつもりで。麗子さんもお友達も建設会社にお勤めと伺ったので、興味を持ってもらえるんじゃないかと。ぜひ、彼の名刺のＱＲコードから作品を見てくださいよ」

「経理と人事ですけどね。でもインテリアを見るのは好きです。あ、保志さんとははじめまして。阿久津麗子です」

麗子はいったんマスクを外し、にっこりと笑う。

「天野ゆいかです、はじめまして」

ゆいかがそのまま頭を下げた。

「どうぞよろしく。とりあえず……えっと、食べましょうか。点心って、入っている量がわからないのでおまかせします。我々は足りなければ追加しますので、おふたりのおなかに合わせてで」

猿渡が向こうの席に戻り、座った。遅れて保志が倣い、麗子とゆいかも座る。それを見てだろうチャイナカラーのブラウスを着たホールスタッフが、赤い表紙のメニューを持ってきた。

まずはお茶の注文を問われた。スタッフの説明によると、もともとは飲茶のスタイルに則って大きめの急須に全員分のお茶を入れ、個々の湯飲み茶碗に取り分けていたが、今は個別にしているそうだ。お湯を継ぎ足してもらえばおかわりもできる。

せっかくだからみんなバラバラで、と言いかけた麗子だったが、別の種類のお茶を注文したところで回し飲みはできないのだった。つまらない時代、と心のなかで愚痴る。麗子とゆいかは香片――ジャスミン茶を、男性二人は代表的なウーロン茶の鉄観音を頼んだ。

「かわいらしいですね」

麗子とゆいかは、スマートフォンから保志の名刺のQRコードにアクセスし、サイトに並ぶ作品を見ていた。ランプシェードやテーブルランプが中心で、ガラスを使ったステンドグラス風のものと、木や竹のパーツを組み合わせたものに大別できるようだ。

「素朴な感じの照明器具が多いんですね。あの手の灯り(あか)とは、対極にありそうな」

麗子は天井から下がる六角形の照明を指さした。中華灯籠というのか、金色の複雑な彫刻がほどこされ、角からは赤い結び房が垂れている。

「中華圏の国の灯りは、どれも華やかなイメージですよね。元宵節(げんしょうせつ)も、街が灯りでいっぱいになるそうです。僕も写真でしか知らないので、一度見にいきたいと思ってるんですよ」

保志が目尻にしわを寄せて笑う。

「元宵節？」

麗子がおうむ返しに問う。それからマスクを外してジャスミン茶を口に運んだ。今までに飲んだどのジャスミン茶より、すっきりと爽やかな香りがする。

「中国の新春のお祭り。旧暦の一月十五日、つまり、新年の最初の満月の夜に、提灯に火を入れてお祝いするんだって」

ゆいかが先に答えた。

「月の光と提灯の光、さぞかしきれいでしょうね。あたしも見てみたい」

すぐお隣の国とはいえ、いつ気軽に海外旅行へ行けるのか。麗子は思いをはせた。とはいえ食べ物でも旅行気分を味わうことはできる。インテリアもそうだろう。この店もそこここに中華風の設えがされているし、カウンター代わりに置かれた薬箪笥のみっちりと並ぶ引き出しも面白い。昔はあそこに漢方薬が入っていたんだろうか。

「ああいう灯籠のような彫金にも、挑戦してみたいんですよね。漏れ出る光に興味があって」

「漏れ出る光ですか」

ゆいかが興味を惹かれたように訊ねる。保志は嬉しそうにうなずいた。うっとりとした目を遠くへ向けている。

「ええ。ガラスを通る光で、色や、ガラスの地模様の揺らぎが見えるんです。一方、木や竹といった素材は、遮っている部分から光と影の絵が生まれます。そういうのが面白いんですよ。今作っているのも、暗闇に希望の光を投げかけるようなイメージのランタンで、ってオーダーなんです」

「難しいオーダーですね。希望の光って、抽象的だし」

いうものを作っている人、ってだけです」

保志が焦ったように言い訳をする。猿渡がその肩を叩いた。

「ダメだろ、保志。そこで引いちゃ。いつか機会があったら、とか、お知り合いでお好きな方がいれば、とか、言いようがあるだろうが」

「だってなんか、がっついてると思われそうで」

「いやがっつけよ、がっつくべきだって。保志はこれで食ってるんだから。押しの弱い自営業ってどんなだよ。……ああ、おふたりには失礼しました。自分も、ついアピールが習慣になっていて。無理に勧めるつもりはないので安心してください」

ぷ、と麗子は噴きだした。息がマスクのなかで籠る。

「猿渡さんは、保志さんのことを放っておけないみたいですね」

「そんなことはないんだけど、仲間うちで唯一変わった仕事に就いているので、せめてものサポートをといったところかな。みんなで彼を応援しているんですよ」

いい感じの仲のよさだなあ、と麗子は目を細めた。大学時代からの友人。進んだ道は違っても変わらず続く友情か。そういうの、萌えるよね。

猿渡さん、いい人じゃん。

「みんなで、ですか。おふたりは同級生というお話ですが、大学は美術系じゃないいんですね」

ゆいかが確認する。

「全然違います。我々は経済学部卒で同じゼミの仲間なんです。保志も卒業後は証券会社に勤めてたんですよ」

「しばらくがんばったんだけど、どうにも向いてなくてドロップアウトです。そのころからなんとなくこう、光というものに惹かれて。たまたま見たネットで照明器具を自作できると知り、癒されるような気がして作るようになって、なんだかんだで今に至ります」

「惹かれたきっかけってあるんですか？」

ゆいかのつっこみに、保志が宙を見つめる。

「……うーん、なんとなく、としか言えないですね。まさに光、希望みたいに思えたのかも。でもまだ食べていけるほどでもないから、別の同級生の会社でアルバイトしてます。家具店なんですけどね。本当に、周囲に助けられて生きてますね、僕」

「作品もそのお店で売っているんですか」

家具店は、テーブルセットやベッドなど大物ばかりを扱うわけではない。照明器具はインテリア小物のカテゴリーになるはずだ。そんな麗子の質問に、一応、と保志がうなずく。

「ええ、置いてもらってます。ほかの商品と比べるとどうしても割高なので、あまり売れないんですけどね。でも永田が僕の窮状を知って声をかけてくれたんですよ。

……うん」

「永田、さん？」

「ええ。永田というのも同じゼミの友人で、その家具店、家具販売会社の社長の息子です。定期的な収入が保障されるのでありがたいですね。本当に彼は、いいヤツなんだ」

保志の瞳が揺らいでいる。

ゆいかが、そんな彼をじっと見ていた。

なんなんだろう、と麗子でさえ思う。この話題はつっこんでいくところ？ それともスルーしておいたほうが無難？

「保志はそのぶん無理なシフトにも応じてるんだから、お互いさまだって。いいように使われてるんだろ」

猿渡は豪快に笑いとばした。たしかに、と保志が苦笑する。

そこに、最初のセイロが運ばれてきた。

セイロの蓋をあけたとたん、ほわりと湯気が立つ。

ああ、こういうのが食べたかったんだよね。外で味わうごはんの醍醐味だ。と、麗子は嬉しくなる。

表面がつるんと輝く餃子が、みっつ入っていた。半月型に横たわる白色、その半月の径、閉じられた部分が上を向く淡いオレンジ色、そして葉のような形をした緑色——翡翠餃子だ。

「これはきれいですね」

保志が感心のため息を漏らす。

「ほんとうにきれい。どうしようー、食べられない」

麗子はスマホを出して写真を撮る。

「食べるくせに。ひとくちで」

「ひどい、ゆいか。そりゃ食べるよ、食べるけどひとくちって。あーでも、この翡翠餃子、最高。つやつやだし皮の薄い緑と半透明のその皮の下から覗く濃い緑のバランスもいいし、葉の形も美しい。飾っておきたいぐらい」

「それ、葉じゃなくて実った稲穂を表してるんだって。中国では翡翠は縁起物だし、餃子そのものも昔のお金の形と似ていて縁起のいい食べ物だそうだよ」

ゆいかが冷静に説明する。

「へえ、これって稲穂なんだ。なるほどね。温かいうちに食べましょう」

猿渡がマスクを外した。小皿に翡翠餃子を移し、割っている。緑色の餡の間から白い色がちらりと見えた。半分をそのまま食べ、残りは黒酢をかけて食べている。

「そのままでも美味しいけど、青物の味が強いから酢があったほうがいいかもしれないですね」

マスクを戻したあと、満足そうにうなずいた。

「なにが入ってました？」

麗子は小皿に載せた翡翠餃子を割りながら訊ねる。

「緑のはニラ……あと、なんだろ。コリッとした食感だった」

「イカとタケノコ、みたいですね。味がついてるし、あたしはこれだけでいいかも」

麗子も頬張ってみた。青臭さはあるものの、ショウガの味がしっかりと感じられる。

「皮に練りこんであるのはニラじゃなくてほうれん草みたい。凝ってますね」

ゆいかはわざわざ、皮だけを小さく切って食べていた。細かい。

続いて麗子は、半月型の白い餃子に手をつけた。豚肉が入っている。ジューシーなのに爽やかな味がした。

「大葉が入ってるんですね」

「こっちのオレンジ色は海老ですね。美味しいですよ」

オレンジ色の餃子から手をつけていた保志が、目を細める。麗子も箸を伸ばした。海老は大きめに切られ、プリプリしている。皮のつるんとした食感ともマッチしていた。箸休めにと小皿に添えられた搾菜の漬物もつまむ。ゴマ油がきいていた。

美味しいって楽しいなあ、と麗子はジャスミン茶で口の中をリフレッシュさせる。はあ、幸せ。

突然、ホールで大きな音がした。

四人は、反射的にそちらを見た。奥側、厨房の近くに、いつのまにか大きな銅鑼が出されている。白いシェフコートを着た男性がそれを叩いたようだ。と、彼をはさむような形で、チャイナカラーのブラウスを着たホールスタッフの女性が二名、駆け寄ってくる。ふたりが両手をあげた。

音楽が鳴った。

銅鑼に続くは古式ゆかしき竹笛と二胡……かと思いきや、アップテンポの洋楽だった。男性も女性も踊りだす。手の動きも腰の振り方も、クラブのノリだ。

「なんだいったい」

困惑する猿渡に、麗子は応じる。

「この音楽、聞いたことあります。ジャスティン・ビーバーだ。ジャスティンの『ネヴァー・セイ・ネヴァー feat. ジェイデン・スミス』で、たしか……って、え？」

ホールにいた男性客が立ちあがっていた。なぜと思う間もなく、その客が踊りだす。彼と一緒にいた女性客もだ。

気づけば何人もの客が、スタッフが、踊っていた。その間に何組か、ぽかんとした表情の客が座ったままでいる。自分たちも、同じような顔をしているだろう。

「……フラッシュモブ」

保志の声がどことなく硬い。

フラッシュモブとは、群衆のなかで不特定多数がなんらかの行動を突然起こして去っていく、というゲリラパフォーマンスだ。ストリートライブを行う、イベントや主張を行うために目を惹かせる、というものもあるが、世に知られたこともあり結婚披露宴の演出にも利用されている。

しばらくその場で踊っていた人々が、腰をかがめ、両手でリズムを取りながら列になり、麗子たちのそばのテーブルへと向かってきた。

そこにいたのは麗子たちと同年代か、やや若いカップルだ。ふいに男性のほうが立ちあがり、ホールに下りてほかの人たちと踊りを合わせた。キレキレとまではいかないが、なめらかな動きだ。

男性が再び、テーブルへと戻ってきた。手に小さな箱を持っている。

「結婚してください」

茫然(ぼうぜん)として座っていた女性の手を取った男性が、箱から指輪を取りだし、その指にはめた。女性が指輪を見て涙ぐみ、ゆっくりとうなずく。

おお、という声と、激しい銅鑼の音が重なる。踊っていた人々が両手を高く掲げて拍手をうながす。客たちは戸惑いながらも拍手をはじめた。麗子もつられて拍手をする。ゆいかは指先だけで小さく叩いていたが、猿渡と保志はこわばった顔で固まっている。

「さっきの続きですけど、この音楽、『ベスト・キッド』って映画で使われてたんですよ。でもなにがどうしてプロポーズに『ベスト・キッド』？」

麗子の言葉に、猿渡がぎこちなく口を開く。

「……そうなんだ。『ベスト・キッド』って、少年が空手を習う話ですよね」

「それは昔作られた元々の映画ですね。二〇一〇年にリメイクして、舞台がアメリカから北京に移ってるんですよ。しかも空手ではなく中国の武術を習うんです。中華のお店ということで使ったのか、Never say never という、諦めないでという意味からなのか、どちらかでしょうね」

ゆいかが蘊蓄（うんちく）を披露している。ステイホーム中にいろいろな知識を仕入れていたようだ。

カップルは恥ずかしげに、踊っていた人々に挨拶をしていた。人々は祝賀を述べ、手を振り、順にやってきては去っていく。やがてホール側のテーブルの客が極端に少なくなった。いつしか音楽も消えている。

「踊っていたお客さん、フラッシュモブの仕掛け人だったんだね。もういなくなってる」

麗子の言葉にゆいかが応じた。

「あの人たち、お茶しか飲んでなかったよ。なにかあると睨（にら）んでたら、そういうことか」

「そうだった？　やけに若い子が多いとは思ったけど。あ、もしかしたらお店のスタッフの服を着てた女性も仕掛け人？」

麗子が首をひねった。

「たぶん。でももしあのカップルがお店の関係者なら、スタッフ兼仕掛け人かも。……そう思いませんか？」

ゆいかが、保志と猿渡に向けて言葉を投げる。先に口を開いたのは保志だ。

「かもしれないですね。フラッシュモブってそれを企画する専用の会社もあるんですよ。全部お任せの場合もあれば、関係者を巻きこんで、つまりスタッフがキャストとして踊らされるってことも。……と聞いたことがあります」

「彼、無事にＯＫが貰えてよかったですね」

猿渡もそう答えるが、ふたりともどこか声に力がない。

「あの、フラッシュモブになにかあったんですか？」

迷惑をかけられたとか、失敗したとか、そんなネガティブな体験でもしたのかと、麗子は訊ねる。

保志と猿渡、ふたりは顔を見合わせていた。

「……保志、踊ったんだよな」

猿渡がぎこちなくうながして、保志が苦笑する。

「無理に押しきられて、キャストとしてな。まったく得意じゃないんですけどね、ダンス」

「なにかのパフォーマンスですか？　それともプロポーズ関係？」

麗子ははしゃぎすぎない程度に明るい声を出した。

「プロポーズです。友人の。……まあ、ええ。成功しました」

成功したという割には、保志は楽しそうでない。猿渡が笑いだす。

「別にそれで保志が失恋したとかじゃないですよ。プロポーズの報には教授も含めてゼミの仲間みんなが超びっくりして、一気に情報がかけめぐって、もう大興奮だったな？」

うん、と保志がうなずいている。

「セイロ、空になっちゃいましたね。次はなにかな」

猿渡が笑顔のまま言う。麗子は、たしか注文したのはと答えようとして、言葉に詰まった。保志が眉をひそめたまま一点を見つめていた。苦しみに耐えているかのように。

なんなの。

いったいどうしちゃったわけ？

「暗闇に希望の光を投げかけるようなイメージのランタンというのは、プロポーズをした人かお相手からオーダーを受けていたんですね」

ゆいかが湯飲み茶碗を両手で包みながら言った。穏やかな声で。

保志が目を丸くした。

「僕、……彼女からのオーダーだって言いましたっけ」

「いいえ。ただ、オーダーメイドの話をしていたとき、本人の好み、本人のイメージなどと表現しましたよね。そういう場合、本人、という言葉ではなく、依頼者とかお客さんなどという言い方をしませんか。だからお知り合いからの依頼だと思ったんです。そのときの保志さんの表情にも、含みがありましたし。今のような」

保志は自らの表情をたしかめるように、マスクの上から両頰を押さえていた。

「え？　え？　頼まれてたわけ？　久野（くの）に？　今回のプロポーズ関係で？」

猿渡が保志に訊ねている。

久野？　それ誰？　と、はじめて出る名前に麗子はいぶかる。

「違うよ。今回のこととは関係なく、たまたまというか、ゼミの女子から僕のサイトのことを聞いて、注文してきたんだって。久野、僕が永田の店で働いていることさえ知らなかったぐらいだよ」

猿渡は、そうなのかと応じ、しかし次の言葉が出てこないようすで、目をホールのほうへと向けた。次の話題のきっかけにしたいのか、注文の品の到来を待っているようすだ。

「プロポーズは成功したのですね。それによって保志さんが失恋したわけでもない。なのにどうしておふたりとも表情が沈んでいるんですか」

ゆいかが直球を投げた。

「そのあとあれこれあって最終的にはダメだった、ってそれだけです。すみません、せっかくのお食事に水を差すようなお話を」

猿渡の弁解に、麗子はいえいえと手を横に振る。

「……ダメなのかな、やっぱり。どうしてダメなのか、僕らにはさっぱりわからない。永田は落ち込んでるし、今、久野には訊(き)けないし」

「保志。けど我々は結局、第三者だぞ」

「そんな冷たいこと言うなよ。僕、永田とどう接したらいいかわからなくて。地雷、踏まないようにしたいんだよ。なにより……」

保志が言葉を詰まらせた。猿渡と睨むように見つめ合っている。

「地雷は相手も自分自身も傷つけますよね。その気持ち、わかります」

ゆいかの目が、一瞬光った。

麗子はマスクの下、こっそりとため息をつく。水を差す、じゃないよ。水を得た魚。

今のは餌を与えたようなものだって。そしてゆいか、我田引水しようと目論むのはやめなさい。

次のセイロを運んできたのは、さきほど踊っていた女性だった。麗子が興味本位で訊ねると、カップルは別支店のスタッフで、場所を利用させてもらいたいと頼んできたという。ご迷惑をおかけしましたと謝られた。

「いいえ全然ですよ。よかったですね。おめでとうございますとお伝えください」

と返し、残りの三人も笑顔でうなずいた。しかし再び、沈黙が訪れる。

「冷めないうちに食べませんか？　はーい、オープン！」

麗子はセイロの蓋を開ける。四種類の焼売が入っていた。包みの口が開いているため中身がよくわかる。さきほどの餃子にもあった海老、豚肉、さらに海老よりも濃いオレンジ色が覗いていた。蟹だ。もうひとつには白く細い筋が見える。帆立だろう。

「なかなか贅沢なラインナップですね。サイズも大きい」

猿渡が麗子に笑いかけた。

「美味しそうですよねー。まずは餃子とは違う具から」

早速、蟹へと手を伸ばした麗子だ。白とオレンジのコントラストが美しい。割って

翌朝職場で永田からそれとなく話を聞こうと思いました。ところが永田は店にやってこない。やがて、久野が昨夜事故に遭ってＩＣＵに入ったので、自分も今、病院にいるという連絡がきました。その翌日、つまり一昨日、出勤してきた永田に事情を訊ねたんですが、永田も、久野がどうして一度受けたプロポーズを白紙にしたいのか、わからないと言うんですよ」

「久野さんは、永田さんに理由を説明してないんですか？」

「メッセージだけが届いたそうです。結婚の話は白紙に戻してほしい、詳しくは直接会って話す、と。永田は商談中でメッセージに気づかなかったようで、びっくりして電話をしたそうですが出ず、入れ違いに警察だか消防だかから事故の連絡がきたそうです。久野はレンタカーを運転していて、はみ出してきた対向車と接触し、はずみで道路脇の駐車場へと飛びこんだ。そのとき車止めのポールにぶつかって車がひっくり返ってしまったのだと」

「レンタカーを。それはお仕事ですか、プライベートですか？」

「プライベートみたいですね。ひとりだったようです」

アリバイアリか。とゆいかがマスクの下、ぼそりと言った。麗子は焦る。まず婚約者を疑うって、なにその怪しい愛憎ドラマみたいな展開。あり得ないでしょ。ふたりには聞こえてないよね。

「対向車は高齢ドライバーで、運転ミスらしいですよ。本当に災難だ」

猿渡が眉をひそめている。

「永田さんへはともかく、久野さんはどうしてゼミの女性にも連絡を？　結婚のことで相談でもしてたんですか？」

「大学時代からの友人なんだ。柏原（かしはら）っていう名前で、もちろん我々とも友人。たぶん、保志の照明作品の話も柏原から伝わったんだと思う」

猿渡の想像に、保志がそう、とうなずく。

「ただ、久野がどこまで柏原に相談していたか僕らにはわかりません。なぜ久野が結婚をやめると言いだしたかも見当がつかないようで。久野はクールっていうか、自分で考えて自分で決めるタイプなんですよね。永田と交際してることも、言ってなかったみたいだし。いい顔をされないかもって思ったのかな」

え？　と麗子はつい口を出す。

「歓迎モードじゃなかったんですか？　てっきりそうかと」

祝福がかけめぐった、みたいに言ってなかったっけ。いや大興奮だった、だっけ。

「歓迎といえば歓迎だよ。めでたい話だし。ただ永田、プレイボーイというか、女性関係が派手だったから、その点を心配する人は多かった」

「そうなんですか。おふたりのひととなりを伺いたいものですが」

猿渡が苦笑する。

ゆいかの言葉に、猿渡が応じた。

「じゃあまず、永田のことから。永田はゼミの同級生で家具販売会社の社長の息子って話はしましたよね。顔の造作も悪くなく、育ちがよくてお金もあって、とつまりはモテる男なんだ。って言うとディスってるようだけど、おぼっちゃんらしいおおらかさに人当たりや気前のよさ、陽気さがあって、サービス精神も旺盛と、性格も明るいから人気もあった。とはいえこの印象は大学時代のことだけど。今はどんな感じ？」

話をふられた保志が、うん、と答える。

「今も同じような感じだよ。次期社長予定で店長だからね。男性社員は永田を立ててるし、女性社員も年齢問わず好意的。下駄を履いてるとこはあるだろうけど、人の扱いがうまいんですよ。年上には上手に甘えるし、年下には包容力と頼れる感を見せている。というか、自然にできてるんじゃないでしょうか。それにアイディアマン。細かな話になるけど、店の売り上げを伸ばすためにいろんな策を打って、数字も出しているんです。たとえば気軽に店に来られないお客さんにむけてのバーチャル店舗。商品を3Dで見せたり、好きなインテリアで仮想マイルームを組み立ててもらったりして」

「それ、うちみたいな住宅関係も取りいれてます。建材や設備品をオーダーメイドしてもらうのにいいらしくて」

麗子が口をはさむ。

「そのときに会員登録をしてもらうから、新規顧客も獲得できるという寸法ですよね。それに——」

保志はバーチャル店舗の話を続けている。麗子はまだ残っている焼売に手を伸ばした。海老はこぶりながら形を保ったものがふたつ載り、中にもすり身の海老がみっちりと入っていた。続いて帆立。帆立は蟹と同様にほぐしてあった。食べるとショウガを混ぜたあっさりした肉の味もする。鶏肉だろう。どれも丁寧に作ってるなあと嬉しくなる。

「——というわけで、仕事もできるヤツなんですよ」

「じゃあやっぱ、唯一の問題は女性関係だな。誘われたら断らないというか、浮気性というか、大学時代はあちこちでモメてたっけ」

しみじみと言う猿渡に、それが、と保志が首を横に振る。

「今は正直、そういう話を聞かないんだよ。そりゃもてるよ、お客さんからの人気もあるし。だけど顧客や職場の子に手を出したなんて話、一切ない。つきあってる女性の噂さえなかった。僕が店に入って間もなく自粛モードになったからかもしれないけどね。お客さん相手の仕事だから感染症対策のチェックは厳しいし、遊べないし」

「そうか。永田もいいかげん落ち着いたんだな。それなりに痛い目にも遭って反省もしたんだろう。いいことじゃん。そうでなきゃ、久野ももう一度つきあおうって気にならないって」

「よっぽどだったみたいですね。永田さんの女性関係の派手さは」

麗子としては、そういった恋バナは歓迎だ。猿渡の恋愛感も探れるかもしれない。

「ふたまたかけたりセフレがいたり、いわゆるチャラいヤツとして有名だったから、最初は近寄りたいと思わなかったなあ。だけど三年生からのゼミで話すようになって、軽いけど悪いヤツじゃないとわかったんだよね。そこからは普通に友達づきあい、ゼミのほかの子たちもそんな感じだと思う。で、同じゼミに久野がいたというわけ」

いよいよ相手の女性の登場だ、と麗子は身を乗りだす。猿渡が続けて話しだした。

「久野は雰囲気も中身も才女。頭の回転が速くて、自らの目でたしかめようと行動するタイプで、いろんな先生から一目置かれてた。一見愛想がないけど、親しくなると思いやりがあって優しいってわかるような。そばで接する機会のある男子からは、人気も高かったと思う。永田もすっかりやられてた。彼に寄ってくる子とは真逆だったこともあるかもね。何度もアプローチしてはふられて、久野とつきあうためにほかの女の子を整理して。そのおかげか、夏休みに入るころにはそういう関係になっていたと」

整理って。つまりは切り捨てたってことだよね、と麗子はつい猿渡を睨む。切り捨てたのは猿渡ではないのだが。

「ほかの女の子たちとは二度と会わないこと、キミにその覚悟があるのか、ってゼミの教授が問い詰めたんだよ、たしか」

保志が口をはさんだ。

「え？　ゼミの先生がですか？」

麗子の問いに、保志はうなずく。

「うん、うちの教授、久野がお気に入りだったんですよ。ああ、教授は女性なんだけど、厳しい人で、ビシバシ鍛えられました。レポートの締め切りをちょっとでも遅れると怒られたし」

「あの人、学生側学校側問わず、だらしないことが嫌いだったんだって。久野はしっかりものだから評価が高かったんだよ。それだけに永田のルーズさが目に余ったんだろうな。別れないって言い張ってた子もいるし、久野に変なメールが来たり、騒いだり、狂言自殺を図ったり、あてつけでモデルになったり、留学して距離をおいたり。噂レベルだけどいろんなゴタゴタがあったよな」

「モデルと留学は、ずいぶんポジティブな反応ですね。心機一転したかったんでしょうか」

そんなことあるんだろうか、と思いながら麗子は訊ねる。噂なんてそんなものかもしれないけれど。

「派手だったりアクティブだったりって子が多かったせいかも。そんなこんなでたまにごたつきつつ、卒業するまでに一度か二度、別れてまたくっついて。でも卒業後は久野の最初の赴任地が遠かったこともあって別れた……と、自分が知ってるのはそこまで。まさか復活してるとはね。しかもプロポーズ報告で聞かされるとは、だよ」

猿渡の話を受けて、保志が口を開く。

「僕だってそこまでだったよ。久野からサイトを見たって照明製作の依頼があったのが一ヵ月半ぐらいまえで、現物を見たいと言われて永田の店の話をしたら、すごく驚かれて。やってきた久野と応対する永田のようすからもしやと訊ねてみたら、現在進行形でつきあってるって聞いてびっくり。そのすぐあとぐらいに永田からプロポーズの計画を打ち明けられ、って、まるでジェットコースターですよ」

「そのジェットコースターには続きがあるわけだよな。プロポーズＯＫ後に破局という」

猿渡が肩をすくめる。

「では永田さんは、二年つきあっている久野さんに、保志さんがご自身の店に勤めていることを伝えてなかったということですね。保志さんにも、久野さんとつきあっていることを言っていなかった。なぜでしょう。理由は訊ねました？」

黙ってふたりの話を聞いていたゆいかが、ようやく質問をする。

「知られたら瞬く間にゼミ仲間に広まるから、って言われました。口出しされたくなかったんでしょう。プロポーズを決めてどーんと発表する、と心づもりを語られ、それまでは黙っているよう頼まれましたから」

「そこで派手にフラッシュモブというのがまた、永田らしいよな」

猿渡が応じた。

ゆいかは興味深そうにふたりを眺めている。

次のセイロの蓋を開け、麗子は歓喜の声を上げる。

「好きなんですよね、小籠包(しょうろんぽう)」

頼んだのは麗子自身だ。小籠包が入っていることはわかっていた。期待がよいほうに外れ、五つも入っている。

「点心のなかで、小籠包が一番好きって人、多いですよね。ほかのと比べてどのへんに惹きつけられるんだろ」

保志が軽く首をひねる。

「あたしは餃子も焼売も全部好きですよ。それぞれに魅力がありますし。餃子ひとつとっても、こういうセイロに入った蒸し餃子も、焼餃子も、水餃子も、どれも好き」

「麗子さんって、嫌いなもの、ないんじゃない？」

笑いながら言う猿渡に、麗子は深くうなずく。どれもこれも美味しい。特に誰かと一緒に楽しむ食事は、ひとりのときよりずっと美味しい。やっぱりこういうの、いいなあ。たとえゆいかが自分の趣味に暴走しようとも。

結局、麗子も話の行方を楽しんでいるのだ。

「小籠包の場合は特に、中に入っているスープが美味しいですよね。熱いから気をつけなきゃいけないけど」

麗子の説明に合わせるように、ゆいかが小籠包を箸で慎重に摘みあげてレンゲに乗せていた。ここで失敗すると、せっかくのスープがセイロに落ちてしまうので注意が必要だ。無事成功、そのまま右手に持った箸で穴を開け少しすすっている。残りは糸生姜を添えていた。満足そうな表情に、ゆいかも楽しんでいることがわかる。

「で、スープがいいことはもちろん、餡の部分もつるんとしてて、いくらでも食べられそう」

麗子もレンゲに乗せて食べる。唇に絡むスープの脂分は多いものの、糸生姜のおかげでさっぱりと味わえる。次は黒酢たっぷりで食べてみよう。

「フラッシュモブの話を聞いていいですか？　どこで行ったんですか？」

ゆいかの問いに、それが、と保志ははにかんでうつむく。

「店です。閉店寸前でお客さんも少なくなってた時間に、というより大半のお客は仕掛け人でしたが、僕をはじめとしたスタッフも何人かが踊ることになって。恥ずかしいから抵抗はしたんだけど、押し切られました。それが永田のヤツ、照れ隠しなのか、計画したのは僕だなんて久野に言い訳して。ま、あっさりとほかのスタッフにばらされてましたけどね」

なるほどね、とゆいかが保志を見つめる。

「久野さんは、わざわざお店に呼びだされたんですね」

「勇気ありますねえ。永田さん自身の職場でしょ。ふられたら次の日から出勤しづらそう。正直さっきのカップルも、絶対OKをもらえる自信があったからできたんですよね。猿渡さんならどうですか？　確信があるならできます？」

麗子は猿渡に水を向ける。少し強引な問いだが、彼の考え方を知りたい。

「そのまえにフラッシュモブ自体、照れちゃって無理だよ」

「わかります。あたしもふたりきりでロマンティックに、ってほうが好みです」

だよねえ、と猿渡とふたり、目で語らった。通じあってる、と嬉しくなる。

「それができるのが永田ですよ。企画や計画を立てるのが好きで、度胸もある。もちろん、OKをもらえる自信があったんでしょう」

保志の言葉に、猿渡が補足した。

「フラッシュモブを撮影した動画SNSが我々のところに届けられて、ふたりのコメントつきで婚約報告だよ。閉塞感のある時期だけに、めでたい話は盛り上がるよね。ゼミの仲間みんなびっくりして、メールやメッセージが一気に飛びかった。さっき言った柏原がほかの友人たちにも拡散したせいで、ゼミ担当じゃない先生からも連絡が来て。もちろんゼミの教授もね。めちゃくちゃ驚いてたな。そういえばあの動画、保志が撮ったの?」

「踊りながらじゃ撮れないだろ。ほかのスタッフだよ。永田のヤツ、撮ってたのかよ恥ずかしいな、なんて言いながらもその子からもらってあちこちに流してさ。どこが恥ずかしいなだよ。でもすごく嬉しそうだったな」

見たーい、と麗子は手をあげた。

「興味あります。見せてもらえます?」

「いやそれが」

保志が両手を横に振った。踊っているところを見せたくないのだろうか。

「もう消したんですよ。結婚は白紙、という久野の連絡を受けて」

「それぞれ何日前のことですか?」

ゆいかが訊ねる。

「フラッシュモブのプロポーズから、今日で十日ほど経ってるのかな。拡散されたのはその日の夜です。で四日前、久野から柏原に結婚の件は白紙だとメッセージが届いたんですが、そのメッセージのなかに、動画も消してほしいと書かれていたそうです。柏原から久野への連絡はつかないままだけど、本人の希望だから当然消すべきだよねと、ゼミ仲間もみんな消してるはずです」

「ああそっか、久野が柏原に連絡したのは、動画の件があったからだな。柏原に言っておけば、全員に伝わるし」

「久野さんはフラッシュモブにどんな反応を示したんですか」

保志、猿渡と続いた答えに、ゆいかが質問を重ねる。

「うーん、驚いているというか戸惑ってるというか」

「さっきの彼女みたいに、感激で泣いたりしなかったの？」

と麗子。

「そういうタイプじゃないよな、久野は」

猿渡のつっこみに、保志もうなずく。

「たしか苦笑したあと、永田ならやりそうって納得したような顔をして、わかりましたと答えてた。そうだ、指輪じゃなくて花束を渡しながらのプロポーズだった。指輪はふたりで選ぼうって永田が提案していたんですよ。久野もそのほうがいいと答えて」

「そこはポイントを心得てますね。指輪をつける人が好みのデザインを選ぶべき」

女性遍歴の多いチャラ男だけのことはある、と麗子もその点は褒めておく。

「なるほど、それはそのとおりだ」

猿渡が納得した顔になる。保志も目を細めた。

「参考になります。って、僕の場合、いつそんなことができるかわかりませんけど」

「で、一週間も経たないうちに、結婚は白紙にと言いだした、ですか」

ゆいかがそう言ったあと、考えこんでいる。

「そう、当事者の永田も含めて、みんな理由がさっぱりわからない。保志が一番、気づける位置にいるはずなんだがなあ」

「つきあっていたことさえ知らなかったぐらい、だってば」

「だったな。正直おまえ、鈍いほうだし」

そんな感じ、と麗子は思った。ゆいかとふと目が合い、小さくうなずきあう。どうやらゆいかも、保志には同じ印象を持っているようだ。

新しいセイロが運ばれてきた。猿渡がスタッフの手元にあるセイロに目を惹かれている。

「餃子、焼売、小籠包ときて、なんだろう」

麗子はスタッフの説明を制した。セイロが全員の目の前に並んだところで言う。

「では当ててみてください」

「うーん、肉まんとか？」

「それもいいですね。でもはずれ。ちまきです」

麗子が蓋を取ってみせる。三角錐の形に包まれた茶色い笹が現れた。

「こういう、ビックリ箱みたいなのが面白いよね、セイロって。中がわからないところにそそられる」

猿渡が笑う。

「お店ではこのセイロをたくさん蒸すんですよね。注文が入り違って、開けたら別のものだった、なんてことはないのかな」

そちらのほうがビックリ箱だと麗子は思う。なにが届くかお楽しみというのも面白そう。

「メモかなにかを置いてるんじゃないですかね」

「だけど保志、メモがあっても中身は違うってこともあるよ。ほら、ゼミ合宿のときの肉みたいに」

「ああ、あったあった。おかげでひどい目に遭ったよ。死ぬかと思った」

「いやおまえが悪いから、あれ」

保志と猿渡が苦笑しながら思い出話をしている。麗子はちまきの包みを開けながら、なにかあったんですかと水を向けた。猿渡が口を開く。

「ゼミ合宿で永田の持っている別荘に行ったんだ。その日はバーベキューをする予定だったのに、持ってきたはずの肉がクーラーボックスに入ってなかったんだよ」

「別荘？」

突然、ゆいかが目を輝かせた。

「え？　なに？　そんな豪勢な別荘じゃないよ。古い、当時でさえ築二十年は越してるくらいの。なあ」

猿渡の呼びかけに、保志がうなずく。

「でも別荘ですよね。山ですか海ですか」

「……山です。えっと、ほんとに、別荘と聞いてイメージするような建物じゃないですよ。昔、税金対策で手に入れたものだって聞いたけれど、そのままになってて。ほらよくあるじゃないですか、活用してる人の少ない寂れた別荘地が。そんな感じのとこでした。自粛モードになったときに地方避難で来てた人がいるかもしれないけど」

保志が引き気味に答えている。

「人の少ない寂れた山の別荘地。陸の孤島。……素敵です」

「……孤島、というほどじゃ。あのときも一軒飛ばして山手側の家に滞在者がいたし、

「車は、永田さんのものですか？」

ゆいかが訊ねる。ええ、と保志がうなずいた。

「店から借りた七人乗りのステーションワゴン。みんなで乗り合わせてきたんです。もう少し詳しく説明すると、僕ともうひとりの男子が責任を取って買いに行くべきだと女子三人に詰めよられたんです。でも彼は免許を持ってなくて。僕だってペーパードライバーなんですけどね。山道だからと不安がっていたら、私がついていくと久野が手をあげてくれたんです。久野は実家が田舎だから地元では車に乗ることもあるという話で。ふたりでふもとの町まで肉を買いに行ったところ、帰りに僕が道を間違えるという大ミスをしちゃいました」

保志は小さなため息をついた。

「別荘地は山の入り口で右の道と左の道に分かれていて、尾根向こうの別地域のほうに入りこんじゃったんですよ。どちらの道にも灯りの消えた別荘が点在してるし、ときどきは車も行きかうし、しばらく間違いに気づきませんでした」

「カーナビは使ってなかったんですか？」

麗子は疑問に思った。

「ついてたけど、地点登録はされてなくて、走った道に印がつくタイプでもなかったのでわからずじまいのまま。運転慣れしてる久野にまかせるべきだったのかもしれないけど、彼女の家の車は軽で、身長が低いせいもあってステーションワゴンは前が見づらそうで。だから僕が運転を買ってでたんです。ところが間違いに気づいて戻ろうとしたところ、突然雨が降ってきて、どんどんと激しくなって、あたりが暗くなって。今思い返してもすごく怖かったですよ。道路の一方、崖なんですよ。そこに降った雨がずるずると流れていくんですから。車を持っていかれそうな気分になって、腋の下が汗びっしょり」

怖っ、と麗子は身震いする。ゆいかも真剣な顔で聞いていた。

「別荘にいた我々も、ふたりがなかなか戻らないし、日は暮れるし大雨だしと心配してて。それで携帯に電話をしたら、山んなかで迷ってるって返事で。びっくりしたのなんの」

猿渡が当時の気持ちを思いだしたのか、眉をひそめている。

「正直、天罰だと思いましたね。でもビビってる僕と違い、久野は冷静で肝が据わってた。適当な庭先を借りてやりすごそう、緊急避難だから許してくれるはず、って励まされて。山を下りて幹線道路まで戻るべきか迷ってたけど、そうしました」

「無事でよかったですね」

麗子はあいづちを打つ。

「全部久野のおかげです。バッテリーが上がらないようエンジン切って、車に置いてあったランタンつけて、雨が上がるのをひたすら待って」

「ランタン？」

ゆいかが訊き返す。

「なぜか後部座席に置いてあったんですよ。キャンプ用の本格的なものじゃなく、形を似せた懐中電灯的なもの。別荘に来るときにこんなの載ってたっけ、って言いながら、でもちょうどいいねって借りました。やっぱり灯りがあるとほっとしますよね」

「もしかして、久野さんがオーダーしたランタンのイメージって、そこから来てるんじゃないですか？」

麗子が問う。ゆいかもうなずいて言う。

「暗闇に希望の光を投げかけるような、でしたよね」

「そうなのかなあ。ランタンっぽいテーブルランプってオーダーは、割とよくあるから結びつかなかった。あのときの久野も落ち着いてたし」

「そうはいっても山のなかで雨に降りこめられてって、怖いですよ」

と、麗子。

「そっか。久野がよくなったら聞いてみないと。……いつになるかな？」

保志が不安そうに猿渡を見る。きっとすぐだよ、と猿渡が肩を叩いていた。

「で、一時間ぐらいは待ってたかな。そのうち救急車のサイレンまで聞こえてきて、いっそうビビりました。僕らみたいに道に慣れてない車が、崖に落っこちてしまったんじゃないかと」

「救急車だけですか？」

ゆいかが細かくつっこんでいる。

「え？　ええたしか。山に向かっていって、しばらくしたら戻ってきてふもとの方向へと。どうしてです？」

「車が崖に落ちたのなら、救急車だけでは済まないのではと。レッカー車や消防の救助作業車のようなものが必要じゃないでしょうか」

「ああ、なるほど。それだけ僕が悲観的になってたってことですね。別のなにかだったんだ。で、その救急車が戻っていったころには雨が止んでいて、雲が遠ざかったせいで一気に星空になりました。山のなかの星空、見たことあります？　よけいな灯りが少ないせいで、天から光が降ってくるみたいなんですよ。それまでの不安が吹き飛ばされるかのようでした」

目を細める保志に、過去の話とはいえ麗子はほっとする。

なるほど、とゆいかがつぶやいて、続ける。

「バーベキューはどうなったんですか」

麗子はずっこけそうになった。保志と猿渡も、目を丸くしている。

「は？　今、保志さんの大ピンチの話を聞いてたんだけど、どうしてバーベキュー」

「肉を買いに行ってたって話だったから」

ゆいかはしれっとしている。

「肉どころじゃないでしょ。どうしてそんな明後日（あさって）の方向に」

麗子が睨むも、猿渡は苦笑しながら答えた。

「バーベキューは翌日に延期に。雨も降ったし、ふたりを心配しながらバーベキューなんてとてもとても。それでも、ふたりが帰ったら温かいものを食べさせようって話になって、カレーを作って待ってたんだ。雨が止んでしばらくしてから戻ってきましたね」

「カレー。材料はあったんですか」

「翌日の二日目の夜はカレーの予定だったから、順番を逆にしただけ」

「肉がないですよね」

「カレー用のほら、角切り牛肉？　あれを買ってたんだ。当初の計画ではバーベキューで余った食材も入れるつもりだったので、翌日までもたなそうな魚介も入れて。あと、別荘にあった缶詰も。なんだっけ、ランチョンミート？」

猿渡が困惑しながらも思いだしている。

「おなかが満たされてなによりです。そして翌日は念願のバーベキューですね、保志さんたちが命がけで買ってきた肉で」

「そこまでじゃないけど、前日のことは忘れて楽しみましたよ。高級肉にはありつけなかったけど」

お茶を口にした保志が笑う。

「そのときは心配したり焦ったりしたけど、過ぎてみれば笑い話だよね。保志と久野はふたりきりで長い時間いたから、なにかあったんじゃないかってからかわれてたっけ」

「久野は永田のカノジョなんだから、あるはずないって」

「永田さんはどんな反応だったんですか？」

ゆいかが訊ねる。

「なにもなかったって答えたけど、態度は冷たかったですね」

保志が肩をすくめながら答えた。

「でもあいつ、慣れない道だからだいじょうぶかなって心配してたよ。落ち着かないようすだったし、何度も電話をしたみたいだ。電波の入りが悪くて通じなかったそうだけど」

「きた電話は、たしか猿渡、おまえからのだったぞ」

「永田がかけてたのは久野のほうだろ。おまえが変ないたずらをしなきゃ、永田が買い物に出てたんだから」

「いいえ、もともとは肉ですよね。それが一番の原因でしょう」

ゆいかが切り捨てる。言えてる、と猿渡と保志がうなずいた。

「ところでそのステーションワゴン、保志さんが買い物に行くまえは、どこに置かれていたんですか？」

「ガレージですよ。雪の積もる地域なので、建物と一体化した立派なガレージがあるんです」

「なるほど。それはいい情報ですね」

にっこりとゆいかが笑う。そして続けた。

「その別荘で、なにかほかに気づかれたことはありますか？」

ふたりが首を横に振っている。

「熊が出るとか、猿や猪が生息しているといった話は」

猿ならここに、と猿渡がふざける。

「山だからいてもおかしくないけど、そんな怖い話は聞かなかったですね」

保志の返事に、ああでも、と猿渡が思いだしたように重ねる。

「犬がやたらと吠えてたじゃないか。帰る日の朝。覚えてない？」

「そうだったっけ」

「吠えてたよ、一軒飛ばした山手側の家の犬が。それまで一度も吠えてなかったし、この猿が近づいても平然としてたのに、けっこう激しくさ。あれもしかして、熊か猪でも来てたんじゃない？」

この猿、と言いながら猿渡が自身を指していた。刑事ネタ以外にもいろいろ持っているようだ。

ふふふ、とゆいかが笑った。

「それがドミノ倒しの行きつく先ですね」

「ええ。学生のころにそんなこともあったよな、って話です。結婚披露宴や二次会で面白おかしく紹介する思い出ネタ。……残念ながら結婚は白紙になったし、その理由もわからないんですけど」

　いいえ、とゆいかが保志に向け、首を横に振る。

「ドミノ倒しの先に、一度受けたプロポーズを断った理由があります」

「どういうこと？」

「永田が肉を積み忘れ、僕が彼にアルコールを飲ませたせいで買い物に行く羽目になり、道を間違えたために怖い思いをした、それに久野も巻きこまれた。ドミノ倒しの先って、どの部分ですか？」

　猿渡と保志が続けて言った。

「犬です」

　ふたりがぽかんとしている。

「犬？」

「どうして犬は吠えたんでしょう。しかも二日目の朝は吠えずに、三日目、みなさんが帰る日の朝だけ」

「それこそ猪でも来たんじゃない？」

　猿じゃなく、としつこく猿渡が笑う。

「みなさんは猪を見てますか？　いてもおかしくはないけど、聞いてもいないんですよね」

「でなきゃ、ただ機嫌が悪かったとか」

と保志。

「その可能性もありますが、別荘から消えているものがありますよね」

「消えているもの?」

「永田さんが持ってきたはずの肉です。肉はどこにいったんでしょう」

どこにもなにも、と麗子は混乱する。だいたいどうしてゆいかはそんなに、肉にこだわるのだ。

保志と顔を見合わせた猿渡が、口を開いた。

「忘れてきたって話だったよ、家に」

「確認してますか?」

「してませんよ、そんな。できないって」

「では忘れてきたという話が本当かどうかはわからないですよね。永田さんが帰る日の朝、始末に困って犬に与えにいった、そうも考えられるのでは」

「……ちょっと待って。そりゃたしかに、肉を忘れたというのは永田が言ったにすぎない。だけど今の天野さんの話によると、用意していた肉を犬に与えた、つまりは捨てたふうに聞こえるんだけど。高級肉だよ、捨てやしないって」

「値段はわかりませんが、値段以上の価値があれば捨ててもいいと思うのではないですか？　食べればなくなってしまうものだし」

「価値？」

「はい。その価値こそが捨てた理由で、久野さんが結婚をやめたいと決意した理由でもあります」

それまで黙っていた保志が訊ねる。

「今までの僕らの話から、それがわかったんですか？」

はい、とゆいかがうなずく。

「すべての構図が、見えました」


デザートが運ばれてきた。足のついたガラス皿に載っているのは、ハートに象られたマンゴープリンだ。

ゆいかの話がはじまるまえにと、麗子はつやのあるオレンジ色にスプーンを入れた。ところどころに果肉が見える。マンゴーをちゃんと使っているようだ。口に運ぶと、舌先にねっとりしたものが触れる。うん、美味しい。

「肉を捨てる理由もわからないし、それがふたりの破談に結びつくというのもわからない。天野さんの考えた道筋を説明してもらえる？」

スプーンを片手に、猿渡が問う。

「ドミノ倒しの話をしたときに、ミスはふたつあったと言ってましたよね。永田さんが肉を忘れたこと、保志さんがコーヒーにアルコールを入れたこと。でももし、保志さんがコーヒーにアルコールを入れなければどうなっていたんでしょう」

ゆいかの質問に、猿渡と保志は首をひねっている。

「砂糖が大量に入ったコーヒーを飲んだ、……かもしれない」

麗子がつっこみを入れる。七分の一の確率だから、当たるとは限らない。ふつうのコーヒーを飲む確率の方が高い。

「たとえ砂糖たっぷりのコーヒーを飲んでも、車の運転はできる。アルコールを飲まなければ、永田さんが肉を買いに出られるんですよ」

「じゃあ、肉を買いに行くために肉を捨てたとでも？」

眉をひそめながら猿渡が訊ねる。

「まだ捨ててはいません。肉は隠しただけです。たぶん、車のなかにでも」

「どうして車のなかだと」

「買い物だと告げて出かけられる距離は、そう遠くないでしょう。一方で、歩けるほど近くもない場所。だって近いのなら、自由時間のあいだに行けるのだから。その条件に当てはまるのは、ふもとの町のどこか、または多少距離のある別荘、同じ山の別地域にあるホテルもしくはペンション。それらの場所にいる人物から自由時間のときにでも呼びだされたから、ではないでしょうか」

「可能性としてはありだけど、どうしてそう思うわけ？」

猿渡が追及する。

「電話です」

「電話？」

「永田さんは、車で出かけたふたりを心配し、何度も電話をしたみたいだ、そう言ってましたよね。でもその電話は本当に久野さんへかけられていたんでしょうか。電波状態が悪くてつながらなかった、というのも永田さんが言ったことでしょう？　彼の携帯電話を見ないと、誰にかけていたかまではわからない。全員がいる場所で電話をかけていましたか？」

「全部は覚えていないけど、外のようすを見に行ったりとか、けっこうバラバラに行動していたから、ひとりになった時間はあったと思う。……たしかに、自分が保志にかけた電話は問題なくつながった。電波のタイミングかと思ってたけど」

「永田さんは呼びだされた相手に、行くことができないと告げた。そこでどんなやりとりがされたのかはわかりませんが、もう一本、別地域にあるホテルもしくはペンションに、客に異変がないか見てもらうよう頼んでいたのでは」

「異変？」

猿渡と麗子の声が重なる。

「久野さんとつきあうために、永田さんは関係のあった女性たちと別れた。噂レベルというお話ですが、狂言自殺を図った子もいたそうですね。それはいつのことなんでしょう」

「……そこまでは」

猿渡が首を横に振る。

「つきあいはじめたのが夏休みに入るころ、ゼミ合宿が夏休みの終わり、でしたね。時期は合いますね。永田さんが久野さんと一緒に別荘に来ていることを知った誰かが一般客でも泊まれるホテルもしくはペンションに宿を取り、こっちに来ないなら死んでやると脅す。あり得る話では？」

「いやあ、けどさあ」

「保志さん。久野さんとふたりで雨がやむのを待って車にいたときに、救急車がやってきて、ふもとに戻っていったんですよね。状況から見て、車の事故ではない」

それまで茫然とした顔で黙っていた保志が、名指しされてぴくりと動いた。でも、ともごもごとつぶやく。

「でも、その、それ、もう十年近くまえのことですよ。そんなことがあったのかなかったのか、もうわかんないんじゃ」

ゆいかが目を細めた。

「久野さんは、たしかめようとしたんじゃないでしょうか」

「え？」

「彼女はひとりでレンタカーを運転していて、事故に遭ったんですよね。ホテルもしくはペンションに、当時のことを確認に行ったのでは。久野さんがどこに行かれてたかわかりますか？」

「いや。実家に行ったわけじゃない、ってことだけ」

「事故の場所は、その別荘地からは近いんでしょうか」

「方角はそっちだけど……」

困惑している保志に、猿渡が口をはさむ。

「待って。もし仮に当時、狂言自殺があったとして、だよ。いまさらどうして久野が気づくわけ？」

「誰かが教えたんですよ。永田さんが久野さんにフラッシュモブでプロポーズをしたことを知った誰か。それを快く思わない誰かが。だって動画ＳＮＳは広がっているんですよね。ゼミ担当じゃない大学の先生にまで」

「あっ」

猿渡が息を飲む。

「狂言自殺を図ったのは、同じ大学の人なんでしょうね。だからゼミ合宿のことも知っていた。以前、永田さんとその別荘に来ていたのかもしれません」

「うちの大学の人間なら、たしかに知ることはできる。結局、狂言自殺をしたのって誰だったんだろう。何人か、あの子じゃないかなんて名前は出たんだけど、わからないままだった」

「センシティブなお話ですからね。でも噂が出たということは、誰かは知っていたわけですよね。と同時に、安易には広めなかった」

「ってことは、ゆいか。その狂言自殺を図った本人か、そのことを知っていた友達かどちらかが、嫌がらせで久野さんに教えたってこと？」

執念深いなあ、と思いながら麗子は訊ねる。

「十年ほどまえにこんな目に遭った、という嫌がらせを今するほど永田さんや久野さんを憎んでいるなら、もっと早くにアクションを起こしているような気がします。むしろ、あなたはこういう相手と結婚しようとしてますよ、と教えたかったのでは。今までそれを告げなかったのは、狂言自殺を起こした学生にも配慮していたことと、ふたりが卒業後には別れたため知らせる必要はないと判断したのではと」

「じゃあ、教えたのって誰だろう」

保志が考えこむ。

「ゼミの教授じゃないですか？　うかがったお話から想像するに、ふたりの交際をあまりよく思っていなかったようなので」

ゆいかの告げた人物を耳にして、猿渡と保志が息を呑んだ。

「先生同士の情報共有なのか、学生から聞いたのか、狂言自殺のことはなんらかのルートでご存じだったのでしょう。とはいえ久野さんに下手に話すわけにはいかない。もしも噂が広まればその学生も傷つくだろうし。ふたりのこと、在学中は眉をひそめながら見ていたのではと思います。卒業後はもう忘れてもいい情報になっていた。ところが婚約の報です。今であれば噂も立たないだろうし、知らせておくべきだと思った。そのあとどう判断するかは、久野さんに任せようと。一方久野さんも、教授からの情報であれば信頼に足ると思い、自分の目で確認しに行ったのでは。そして彼女の結論は、結婚は無理、に至った」

「……教授が知っていたなら、教えるかもな」

納得するように、保志がぼんやりと答える。

「肉の騒動の話はしてたから、その工作もコミで気づいたのかもしれないな。でも、だとしたら今、教授はショックだよな。悪いのは対向車の高齢ドライバーだけど、確認に行ったせいで久野が事故に遭ったわけだし。……そういやなんで、久野はわざわざ行ったんだろう。電話とかで済ませばいいのに」

猿渡の疑問に、たぶんですが、とゆいかが口を開く。

「十年前に自殺騒ぎがありませんでしたか、と電話で訊ねても、受付や責任者の人は、知りません、で話を終わらせてしまうでしょうね。だからわたしなら、こういう方法を取ります」

とそこで、ゆいかは気取ったような作り声を出す。

「十年前に妹がご迷惑をおかけしました。このたび妹が結婚することになり、改めてお礼に参りました。あのとき対応してくださった方にお会いしたいのですが——など

「……保志、どうする？」

猿渡がぼそりとつぶやいた。

「どうするもなにも……。永田の地雷を踏まないようにと思って理由を探ろうとしたのに。もしそれが理由だったら、僕、歩く地雷じゃないか」

頭をかかえるかわりのように、保志は両手で湯飲みをかかえてうつむく。

「まずは久野の回復を待ってこっそり真相をたしかめる、だな。保志は今までどおり当たり障りなく永田に接して、破談の傷がいえるのを待つ、と」

「……うん」

重い空気を破るように、猿渡が笑った。

「保志、おまえいっそ久野とつきあっちゃう？　久野の気持ちは本当に揺らいでるのかもしれないし」

「そんなことしたらクビが飛ぶよ」

情けなさそうに保志が言う。

「えー？　久野さんのことまったくの問題外なんですか？　永田さんのカノジョ……元カノってことでブレーキをかけてるわけじゃなく？　ランタンのオーダーの話もそうだけど、保志さんが照明を作ることに惹かれた理由も、その別荘地で見た満天の星、天から降ってくるような光なんじゃないですか？　無意識の思いが出た結果っていうか。ふたり、通じあってる気がするんだけど」

麗子は煽（あお）った。そういうロマンチック、好きなんだよねと思いながら。

「麗子さん、言うねえ。でもホント久野のこと、悪くないと思うよ。永田よりおまえのほうがお似合いかもな」

猿渡も乗っかった。

「やめろってば。そんなこと、永田のまえでちょっとでも匂わせるなよ。ランタンひとつで嫉妬されたんだとしたら、僕、あの店でやっていけないじゃないか」

保志は猿渡を睨んでいる。

ふふ、とゆいかが笑った。

「保志さんのお気持ちも、久野さんや永田さんのお気持ちも、まさにドミノ倒しのように押す力によって変わるでしょうし、未来はわからないと思います。ただ……」

「ただ？」

「永田さんは自分のためにあなたを利用した、それだけはたしかです」

保志がゆいかをまっすぐに見つめた。

「この先ずっと永田さんの店で働きたいと思うのかどうか、考えてみてもいいんじゃないですか？　久野さんを見習って」

だな、と猿渡がうなずいた。

☆

「久野さん、回復したそうだよ」

麗子は化粧室の鏡越しに、ゆいかに話しかけた。

「よかった。それで破談の理由は語られたの？」

そ、れ、と麗子は人さし指を立てて横に振る。

「猿渡さんがゼミの友達の柏原さん経由で聞きだしたって。やっぱ、教授が糸を引いてたみたいだよ。教授も教授で責任を感じてて、久野さんに悪いことをしたって謝ってたらしい。でも久野さんは教えてもらってよかったってさ。ただ、そのことは内緒にしたかったから、永田さんには、勢いに飲まれてしまったけど結婚相手としては考えられないって言ったんだって」

「なるほど大人の対応」

「それでもしつこくどういうことかと迫られたから、例の別荘地にあるホテルに行ったと告げたそうだよ。情報源は伏せたまま、なにがあったか全部知ったって伝えたら、さすがの永田さんもしなしなになっちゃったって」

「やっぱり過去は離してくれなかったんだね」

「ランタンのこととか、保志さんに嫉妬したんじゃないかとか、そっちの話はしなかったみたい。保志さんを巻きこみたくなかったんだろうね」

ふうん、とゆいかのマスクの下から、口笛にも似た小さな音がする。

「そういうこと、なのかな」

「かもね。うまくいくといいね」

麗子もつい同じ表情になる。

「猿渡さん、もしふたりがうまくいったら、永田さんとの関係が悪くなるかもしれないから、知り合いを辿って雑貨店やセレクトショップの情報集めてるんだって。あたし、猿渡さんにアプローチするつもり。友達思いだし明るいし、いいと思わない？」

「いい人だね、猿渡さん」

「でしょ」

「……ほかにカノジョがいるような気がするけど」

「え？」

鏡のなかのゆいかを見つめると、ゆいかも見つめてきた。

「最初に、保志さんの作った照明を見せてくれたよね。グリーン系のガラスでできた多面体の。あのとき、別の色のバージョンもあるってオレンジ系のものもスマホに出してくれた。あれはペアだと思う」

「ペア」

「オーダーメイドだって言ってたし」

そういえば、と麗子は思いだす。保志の作品を見てくれと推していたからセールスだと感じて、ペアになっている意味をつきつめなかった。

「どうして言ってくれないの。なぜあの場で問いつめてくれないのよ、ゆいか」

「久野さんにまつわる謎で頭がいっぱいで」

「嘘。あたしの気持ち、気づいてたよね。気づかないわけないよね、ゆいかが」

「マスクのせいで、表情が読みとれなくて」

嘘だ。仕返しに違いない。合コン相手は刑事さんだと、なかば騙して連れていったからだろう。まったく、ゆいかのヤツ。

麗子はゆいかを睨む。気のせいか、笑っているような気がする。口元は、マスクに隠れているけれど。

「たしかめてみる。あたしも即行動、自分の目で見なきゃってタイプだから」

「がんばってね。じゃ」

化粧室を出ようとしたゆいかの腕を、麗子はがしっとつかむ。

「猿渡さんにカノジョがいたら、次に行くからね。また合コンの相手を探す」

「懲りないね」

「当然。だいたいさ、今回、肉が消えたって話は、セイロの中身から転がって出てきたんだよ。そこからゼミ合宿の話になって、久野さんの謎が解けたんじゃない。いわばあたしのおかげじゃない？」

「まあ、そうとも言える」

「楽しかったでしょ？　ごはんも美味しかったし」

「ちょっと野菜が足りなかったけどね」

「まーたー。その次に摂る食事で補えばいいだけじゃん。なにより肝心なのはそこじゃない。楽しかったでしょ？」

重ねる問いに、ゆいかは今度こそ声を出して笑った。

「楽しかったね、うん」

「でしょ。誰かと出会うって楽しいことなんだって。これからもとことんつきあってもらうからね、ゆいか」

ゆいかだって新しい出会いに、新しい謎に、飢えているのだから。

解説

青木千恵（書評家）

新たな出会いを求める恋愛ハンター、阿久津麗子と、謎を求めるミステリマニア、天野ゆいか。本書は、合コン相手から持ち込まれる謎にOLコンビが挑む、「ランチ探偵」シリーズの第三弾である。

住宅メーカー、大仏ホームに勤める阿久津麗子は、三年ほどつきあった同期入社のカレシにふられ、恋愛戦線に復帰しようとランチ合コンを始めた。イマイチな相手なら昼休みのタイムリミットが使えるし、いい人だなと思えば次の約束をすればいいから、ランチにて合コンというわけだ。一方、天野ゆいかが求めるのはカレではない。合コン相手と話すなかで出てくる「謎」を解くのを楽しみにしている。一通り話を聞いたあと、「すべての構図が、見えました」の決め台詞とともにゆいかが謎を解き明かす。二〇一四年刊行の一作目（単行本時は『ランチ合コン探偵』、文庫化に際し『ランチ探偵』に改題）が好評でシリーズ化し、二〇二〇年に山本美月主演で「ランチ合コン探偵〜恋とグルメと謎解きと〜」と題し、テレビドラマ化された人気作だ。

〈参考文献〉

『広告業界の仕事図鑑』 宮嶋和明・編著 中央経済社
『お稲荷様って、神様? 仏様?――稲荷・地蔵・観音・不動/江戸東京の信心と神仏』 支倉清、伊藤時彦・著 築地書館
『かんたん 家庭で作るおいしい羊肉料理』 菊池一弘・監修 講談社
『百貨店の進化』 伊藤元重・著 日本経済新聞出版
『だいたい1ステップか2ステップ! なのに本格インドカレー』 稲田俊輔・著 柴田書店

初出

MENU1　Webジェイ・ノベル　2021年10月13日・20日配信
（「消えたお稲荷さん」改題）
MENU2　Webジェイ・ノベル　2021年1月12日・19日配信
MENU3　Webジェイ・ノベル　2021年3月2日・9日配信
MENU4　書き下ろし
MENU5　書き下ろし

本作品はフィクションです。実在の個人、団体等とは一切関係がありません。

（編集部）

実業之日本社文庫 み93

ランチ探偵　彼女は謎に恋をする

2022年2月15日　初版第1刷発行

著　者　水生大海

発行者　岩野裕一
発行所　株式会社実業之日本社
〒107-0062　東京都港区南青山5-4-30
emergence aoyama complex 2F
電話［編集］03(6809)0473［販売］03(6809)0495
ホームページ　https://www.j-n.co.jp/
DTP　ラッシュ
印刷所　大日本印刷株式会社
製本所　大日本印刷株式会社

フォーマットデザイン　鈴木正道（Suzuki Design）

ISBN978-4-408-55715-1（第二文芸）